★聆听感悟大师经典

韩愈名篇名句赏读

罗剑平 主编

黄河出版传媒集团
阳光出版社

图书在版编目（CIP）数据

韩愈名篇名句赏读 / 罗剑平主编. —— 银川：阳光出版社，2016.6（2024.1重印）

（聆听感悟大师经典）

ISBN 978-7-5525-2709-4

Ⅰ.①韩… Ⅱ.①罗… Ⅲ.①韩愈（768-824）-文学欣赏 Ⅳ.①I206.2

中国版本图书馆CIP数据核字(2016)第157329号

聆听感悟大师经典　韩愈名篇名句赏读　　罗剑平　主编

责任编辑　金小燕
封面设计　民谐文化
责任印制　岳建宁

黄河出版传媒集团　阳光出版社　出版发行

地　　址	宁夏银川市北京东路139号出版大厦（750001）
网　　址	http://www.ygchbs.com
网上书店	http://shop129132959.taobao.com
电子信箱	yangguangchubanshe@163.com
邮购电话	0951-5047283
经　　销	全国新华书店
印刷装订	永清县晔盛亚胶印有限公司
印刷委托书号	（宁）0027468
开　　本	710 mm×1000 mm　1/16
印　　张	7.25
字　　数	84千字
版　　次	2016年6月第1版
印　　次	2024年1月第2次印刷
书　　号	ISBN 978-7-5525-2709-4
定　　价	25.80元

版权所有　翻印必究

前　言

　　世界文学的殿堂就像大自然一样神奇、美丽与朴实,它是世界上才华横溢的一批人用最优美、最自然的表达而描绘出的世界图景。历经时代的考验,这些作品魅力永存,而有这样一批才华横溢的大师也被我们永久记录下来,他们人格的力量一直激励着我们,他们的思想也已融入我们的血液之中。

　　阅读这些大师的经典作品,感悟其中的社会百态和人世间的苦乐善恶,就像与大师在进行面对面的交谈,让人的精神上产生出一种超越、一种支撑、一种理性的沉淀。

　　为了帮助读者朋友更好地阅读古今中外的经典作品,我们精心编辑了这套《聆听感悟大师经典》丛书,希望能把有价值的、经典的书推荐给大家,让大家在有限的时间里能够了解中外经典名作的轮廓,提早感受到名著的魅力,慢慢进入阅读的佳境。本套丛书包括《莎士比亚名篇名句赏读》《雨果名篇名句赏读》《卢梭名篇名句赏读》《李白名篇名句赏读》《鲁迅名篇名句赏读》《徐志摩名篇名句赏读》等,每本书中都配有作者小传和作者肖像,所选内容都是中外文化巨人的优秀作品,通过我们的分类整理,相信会给你一个愉快的阅读体验。

通过对该丛书的阅读,你会发现大师的经典语句与我们的日常生活中有很多的契合点,读书的过程就像聆听大师的亲身教诲一样,使我们懂得生活中的许多哲理。编辑本丛书的目的,并非要取代对原著的阅读,而是让读者在名篇名句的引导和记忆中更好地阅读整部作品并理解整部作品的意境。

由于编写时间仓促及编者水平有限,书中难免有不足之处,还望读者批评指正。

编　者

作者小传

韩愈

韩愈(768—824年),字退之。祖籍是河南河阳(今河南省孟州市),郡望为昌黎,常自称"昌黎韩愈",后人亦称韩昌黎。晚年官吏部侍郎,又称韩吏部,死后谥号"文",所以人们尊称为韩文公。

他生于唐代宗大历三年(768年),出生刚两个月,他母亲便去世;3岁时,父亲又去世。孤儿的他只好由长兄韩会及嫂抚养。7岁开始刻苦读书。12岁,因韩会被贬韶州刺史,他随兄嫂第一次到岭南。不久,兄韩会病死,只好随寡嫂北归河阳。13岁就能写文章,师从当时名人独孤及、梁肃,他究心古训,潜研经史百家,开始萌发了发扬儒道,倡导古人的思想。一边读书,同时留意古今兴亡治乱,在政治上树立远大抱负。

唐贞元二年(786年)韩愈19岁,怀着经世之志进京参加进士考试,一连三次均失败,直至贞元八年(792年)第四次进士考试才考取。按照唐律,考取进士以后还必须参加吏部博学宏辞科考试,韩愈又三次参加吏选,但都失败;三次给宰相上书,没有得一回复;三次登权者之门,被拒之门外。

贞元十二年(796年)七月,韩愈29岁,受董晋推荐,出任宣武军节度使观察推官。这是韩愈从政开始。韩愈在任观察推官三年中,一方面指导李翱、张籍等青年学文外,利用一切机会,极力宣传自己对散文革新的主张。

贞元十六年冬,韩愈第四次参吏部考试,第二年(801年)通过铨选。这时期写的《答李翊书》,阐述自己把古文运动和儒学复古运动紧密结合一起的主张,这是韩愈发起开展古文运动的代表作。这年秋末,韩愈时年34岁,被任命为国子监四门博士,这是韩愈步入京师政府机构任职开端。任职四门博士期间,积极推荐文学青年,敢为人师,广授门徒,人称"韩门第子"。贞元十九年(803年)写了名作《师说》,这是韩愈系统提出师道的理论。

贞元十九年冬,韩愈晋升为监察御史,在任不过两个月,为了体恤民情,忠于职守,上书《论天旱人饥状》,因遭权臣谗害,贬官连州阳山令。韩愈三年任职阳山令,深入民间,参加山民耕作和渔猎活动,爱民惠政德礼文治,《新唐书·韩愈传》因此特书"有爱于民,民生子以其姓字之。"阳山令任上,一大批青年慕名投奔韩愈门下,与青年学子吟诗论道,诗文著作颇丰,今见之昌黎文集有古诗二十余首,文数篇。尤其此时构思并开始著述的《原道》等篇章,构成韩学重要论著"五原"学说,这是唐宋时期,新儒学的先声,理论建树影响巨大。

贞元二十一年(805年)年夏秋之间,韩愈离开阳山,八月任江陵法曹参军。

元和元年(806年)六月,韩愈奉召回长安,官授权知国子博士。元和三年(808年),韩愈改真博士。元和四年,韩愈改授都官员外郎分司东都兼判祠部。是年冬被降职调为河南令，以后相继任职方员外郎、国子博士。

元和八年(813年)，晋升为比部郎中史馆修选，完成《顺宗实录》著名史书编写。

元和九年(814年)，韩愈任考功郎中知制诰，第二年晋升为中书舍人。元和十二年(817年)，协助宰相裴度，以行军司马身份，平定淮西乱，因军功晋授刑部侍郎。

元和十四年(819年)，宪宗皇帝派遣使者去凤翔迎佛骨，京城一时间掀起信佛狂潮，韩愈不顾个人安危，毅然上书《论佛骨表》，痛斥佛之不可信，要求将佛骨"投诸水火，永绝根本，断天下之疑，绝后代之惑。"宪宗得表，龙颜震怒，要处以极刑。幸宰相裴度及朝中大臣极力说情，免得一死，贬为潮州刑史。韩愈任潮州刑史八个月，概括说来：驱鳄鱼、为民除害；请教师，办乡校；计庸抵债，释放奴隶；率领百姓，兴修水利，排涝灌溉。千余年来，使潮州成为具有个性特色的地域文化，潮州地区成为礼仪之邦和文化名城！

元和十五年(820年)九月，韩愈诏内调为国子祭酒。长庆元年(821年)七月，韩愈转任兵部侍郎，第二年，单身匹马，冒着风险赴镇州宣慰乱军，史称"勇夺三军帅"，不费一兵一卒，化干戈为玉帛，平息镇州之乱。九月转任吏部侍郎。

长庆三年(823年)六月，韩愈晋升为京兆尹兼御史大夫。京兆之地称复杂难理，在韩愈整治下，社会安定，盗贼止，米价不敢上。后相继调任兵部侍郎、吏部侍郎。

长庆四年(824年)，韩愈因病告假，十二月二日，韩愈因病卒于长安，终年57岁。

纵观韩愈一生，业绩最为巨大是文学，是唐代古文运动开宗立派主帅，唐宋八大家之首，宋代大文豪苏东坡评论已为定评，尊仰韩愈为中国文坛之"泰山""北斗"，"百代文宗"。

韩愈一生从事时间最长，著作论述最为完备之一是教育；任职有变，奖掖后代,提携青年学子从来间断。盛唐一朝,文人雅士数不胜数,唯独韩愈之学问,得以流传光大,这种"韩学现象",是丰富多彩的中国古代文化中,一枝独秀,光艳照人的奇特景观。

韩愈孜孜以求是复兴儒学。面对唐代佛教勃兴,道教日盛,深感儒家道统之重任,著述"五原",系统阐述道统,改造儒学,为宋明新儒学的建立奠定理论基础,这是韩愈在思想史上又一大建树。

韩愈一生尽管仕途坎坷,但即使任职地方小官,也有大作为;至于入职中央三省六部枢要之职,大施才干,礼、吏、刑、兵四部任职政绩卓著,为唐代中兴,建功立业,载入史册。

目 录

诗	1
表	5
状	11
书	15
序	31
记	41
传	45
原	49
碑	67
墓志铭	75
哀辞 祭文 行状	95
杂著	104

诗

韩愈名篇名句赏读

天街小雨润如酥，

草色遥看近却无。

最是一年春好处，

绝胜烟柳满皇都。

❋ 《早春呈水部张十八员外》

草树知春不久归，

百般红紫斗芳菲。

杨花榆荚无才思，

惟解漫天作雪飞。

❋ 《晚春》

夜深静卧百虫绝，清月出岭光入扉。天明独去无道路，出入高下穷烟霏。山红涧碧纷烂漫，时见松枥皆十围。当流赤足踏涧石，水声激激风生衣。

❋ 《山石》

判司卑官不堪说，未免捶楚尘埃间。同时辈流多上道，天路幽险难追攀。君歌且休听我歌，我歌今与君殊科。一年明月今宵多，人生由命非由他，有酒不饮奈明何。

❋ 《八月十五夜赠张功曹》

庙令老人识神意，睢盱侦伺能鞠躬。手持杯珓导我掷，云此最吉余

韩愈名篇名句赏读

难同。窜逐蛮荒幸不死,衣食才足甘长终。侯王将相望久绝,神纵欲福难为功。夜投佛寺上高阁,星月掩映云朣胧。猿鸣钟动不知曙,杲杲寒日生于东。

❋ 《谒衡岳庙遂宿岳寺题门楼》

表

伏惟唐至陛下,再登太平,划刮群奸,扫洒疆土,天之所覆,莫不宾顺。然而淮西之功,尤为俊伟,碑石所刻,动流亿年,必得作者,然后可尽能事。

✽ 《进撰平淮西碑文表》

今词学之英,所在麻列,儒宗文师,磊落相望。外之,则宰相、公卿、郎官、博士;内之,则翰林、禁密、游谈、侍从之臣,不可一二遍数,召而使之,无有不可。至于臣者,自知最为浅陋,顾贪恩待,趋以就事。丛杂乖戾,律吕失次。乾坤之容,日月之光,知其不可绘画,强颜为之,以塞诏旨,罪当诛死。

✽ 《进撰平淮西碑文表》

今闻陛下令群僧迎佛骨于凤翔,御楼以观,舁入大内,又令诸寺递迎供养。臣虽至愚,必知陛下不惑于佛,作此崇奉,以祈福祥也。直以年丰人乐,徇人之心,为京都士庶设诡异之观、戏玩之具耳,安有圣明若此,而肯信此等事哉!然百姓愚冥,易惑难晓,苟见陛下如此,将谓真心事佛。皆云:"天子大圣,犹一心敬信,百姓何人,岂合更惜身命?"焚顶烧指,百十为群,解衣散钱,自朝至暮,转相仿效,惟恐后时,老少奔波,弃其业次。若不即加禁遏,更历诸寺,必有断臂脔身以为供养者。伤风败俗,传笑四方,非细事也。

✽ 《论佛骨表》

韩愈名篇名句赏读

孔子曰:"敬鬼神而远之。"古之诸侯行吊于其国,尚令巫祝先以桃茢祓除不祥,然后进吊。今无故取朽秽之物,亲临观之,巫祝不先,桃茢不用,群臣不言其非,御史不举其失,臣实耻之。乞以此骨付之有司,投诸水火,永绝根本,断天下之疑,绝后代之惑。使天下之人知大圣人之所作为,出于寻常万万也,岂不盛哉!岂不快哉!

❋ 《论佛骨表》

伏以大唐受命有天下,四海之内,莫不臣妾,南北东西,地各万里。自天宝之后,政治少懈,文致未优,武克不刚,孽臣奸隶,蠹居棋处,摇毒自防,外顺内悖,父死子代,以祖以孙,如古诸侯自擅其地,不贡不朝,六七十年。四圣传序,以至陛下。陛下即位以来,躬亲听断,旋乾转坤,关机阖开,雷厉风飞,日月清照,天戈所麾,莫不宁顺,大宇之下,生息理极。高祖创制天下,其功大矣,而治未太平也,太宗太平矣,而大功所立,咸在高祖之代,非如陛下承天宝之后,接因循之余,六七十年之外,赫然兴起,南面指麾,而致此巍巍之治功也。

❋ 《潮州刺史谢上表》

宜定乐章,以告神明,东巡泰山,奏功皇天,具著显庸,明示得意,使永年代,服我成烈。当此之际,所谓千载一时,不可逢之嘉会,而臣负罪婴衅,自拘海岛,戚戚嗟嗟,日与死迫,曾不得奏薄伎于从官之内、隶御之间,穷思毕精,以赎前过。怀痛穷天,死不闭目。瞻望宸极,魂神飞去。

韩愈名篇名句赏读

伏惟皇帝陛下,天地父母,哀而怜之,无任感恩恋阙、惭惶恳迫之至。

✽ 《潮州刺史谢上表》

闻初载钱置市之日,市中观者,日数万人,巡绕瞻视,咨嗟叹息,既去复来,以至日暮。百姓小人,重财轻义,不能深达事体,但见不给其赏,便以为朝廷爱惜此钱,不守言信,自近传远,无由辨明。且出赏所以求贼,今贼已诛斩。若无人捉获,国家何因得此贼而正刑法也?承宗何故而赐诛绝也?士则、士平何故与美官也?三事既因获贼,获贼必有其人,不给赏钱,实亦难晓。假如圣心独有所见,审知不合加赏,其如天下百姓及后代久远之人何哉?

✽ 《论捕贼行赏表》

昔秦孝公用商鞅为相,欲富国强兵,行令于国。恐人不信,立三丈之木于市南门,募人有能徙置北门者,与五十金。有一人徙之,辄与五十金。秦人以君言为必信,法令大行,国富兵强,无敌天下。三丈之木非难徙也,徙之非有功也,孝公辄与之金者,所以示其言之必信也。昔周成王尚小,与其弟叔虞为戏,削桐叶为珪,曰:"以晋封汝。"其臣史佚因请择日立叔虞为侯。成王曰:"吾与之戏耳。"史佚曰:"天子无戏言。言之,则史书之,礼成之,乐歌之。"于是遂封叔虞于晋。昔汉高祖出黄金四万斤与陈平,恣其所为,不问出入,令谋项羽。平用金间楚,数年之间,汉得天下。论者皆言汉高祖深达于利,能以金四万斤致得天下。以此观之,自

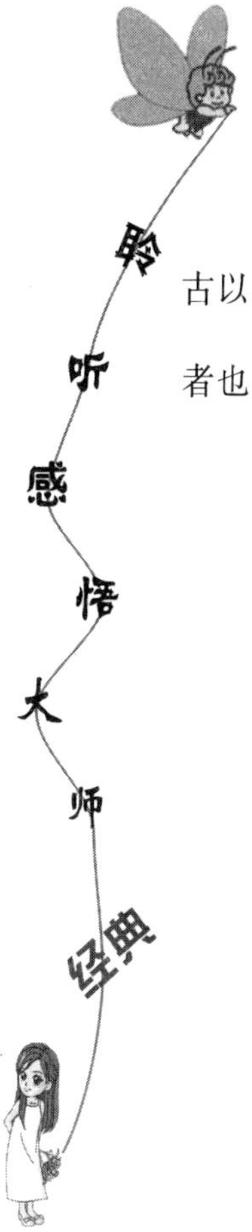

古以来，未有不信其言，而能有大功者，亦未有不费少财，而能收大利者也。

✻ 《论捕贼行赏表》

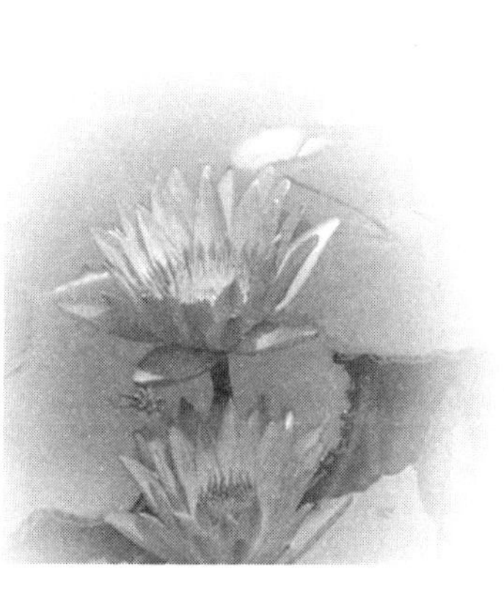

状

《周官》曰："凡杀人而义者，令勿仇，仇之则死。"义，宜也。明杀人而不得其宜者，子得复仇也。此百姓之相仇者也。《公羊传》曰："父不受诛，子复仇可也。"不受诛者，罪不当诛也。诛者，上施于下之辞，非百姓之相杀者也。又《周官》曰："凡报仇雠者，书于士，杀之无罪。"言将复仇，必先言于官，则无罪也。

✻ 《复仇状》

今陛下垂意典章，思立定制，惜有司之守，怜孝子之心，示不自专，访议群下。臣愚以为复仇之名虽同，而其事各异：或百姓相仇，如《周官》所称，可议于今者；或为官所诛，如《公羊》所称，不可行于今者；又《周官》所称，将复仇，先告于士则无罪者，若孤稚羸弱，抱微志而伺敌人之便，恐不能自言于官，未可以为断于今也。然则杀之与赦，不可一例。宜定其制曰："凡有复父仇者，事发，具其事申尚书省，尚书省集议奏闻，酌其宜而处之。"则经律无失其指矣。谨议。

✻ 《复仇状》

臣又闻君者阳也，臣者阴也，独阳为旱，独阴为水。今者陛下圣明在上，虽尧、舜无以加之，而群臣之贤不及于古，又不能尽心于国，与陛下同心，助陛下为理，有君无臣，是以久旱。

✻ 《论今年权停举选状》

以臣之愚，以为宜求纯信之士，骨鲠之臣，忧国如家，忘身奉上者，超

韩愈名篇名句赏读

其爵位,置在左右,如殷高宗之用傅说,周文王之举太公,齐桓公之拔宁戚,汉武帝之取公孙弘,清闲之余,时赐召问,必能辅宣王化,销殄旱灾。

❈ 《论今年权停举选状》

序

韩愈名篇名句赏读

凡执事之择于愈者,非为其能晨入夜归也,必将有以取之。苟有以取之,虽不晨入而夜归,其所取者犹在也。下之事上,不一其事,上之使下,不一其事,量力而任之,度才而处之,其所不能,不强使为是,故为下者不获罪于上,为上者不得怨于下矣。孟子有云,今之诸侯无大相过者,以其皆"好臣其所教,而不好臣其所受教"。今之时,与孟子之时,又加远矣,皆好其闻命而奔走者,不好其直己而行道者。闻命而奔走者,好利者也;直己而行道者,好义者也。未有好利而爱其君者,未有好义而忘其君者。今之王公大人,惟执事可以闻此言,惟愈于执事也,可以此言进。

✽ 《上张仆射书》

愈蒙幸于执事,其所从旧矣。若宽假之使不失其性,加待之使足以为名。寅而入,尽辰而退,申而入,终酉而退,率以为常,亦不废事。天下之人,闻执事之于愈如是也,必皆曰:执事之好士也如此,执事之待士以礼如此,执事之使人不枉其性而能有容如此,执事之欲成人之名如此,执事之厚于故旧如此。又将曰:韩愈之识其所依归也如此,韩愈之不谄屈于富贵之人如此,韩愈之贤能使其主持之以礼如此,则死于执事之门,无悔也。若使随行而入,逐队而趋,言不敢尽其诚,道有所屈于己,天下之人闻执事之于愈如此,皆曰:执事之用韩愈,哀其穷,收之而已耳;韩愈之事执事,不以道,利之而已耳。苟如是,虽日受千金之赐,一岁九迁其官,感恩则有之矣,将以称于天下曰:知己!知己!则未也。

✽ 《上张仆射书》

韩愈名篇名句赏读

以击球事谏执事者多矣。谏者不休,执事不止,此非为其乐不可舍,其谏不足听故哉?谏不足听者,辞不足感心也;乐不可舍者,患不能切身也。今之言球之害者,必曰:有危堕之忧,有激射之虞,小者伤面目,大者残形躯。执事闻之若不闻者,其意必曰:进若习熟,则无危堕之忧;避能便捷,则免激射之虞。小何伤于面目,大何累于形躯者哉!愈今所言,皆不在此,其指要非以他事外物牵引相比也,特以击球之间之事明之耳。

❋ 《上张仆射第二书》

马之与人,情性殊异。至于筋骸之相束,血气之相持,安佚则适,劳顿则疲者,同也。乘之有道,步骤折中,少必无疾,老必后衰。及以之驰球于场,荡摇其心腑,振挠其骨筋,气不及出入,走不及回旋,远者三四年,近者一二年,无全马矣。然则球之害于人也决矣!凡五藏之系络甚微,坐立必悬垂于胸臆之间,而以之颠顿驰骋,呜呼,其危哉!

❋ 《上张仆射第二书》

《春秋传》曰:"夫有尤物,足以移人,苟非德义,则必有祸。"虽岂弟君子,神明所扶持,然广虑之,深思之,亦养寿命之一端也。

❋ 《上张仆射第二书》

夫牛角之歌,辞鄙而义拙;堂下之言,不书于传记。齐桓举以相国,叔向携手以上,然则非言之难为,听而识之者难遇也。

❋ 《上兵部李侍郎书》

伏以阁下内仁而外义,行高而德巨,尚贤而与能,哀穷而悼屈,自江而西,既化而行矣。今者入守内职,为朝廷大臣,当天子新即位,汲汲于理化之日,出言举事,宜必施设。既有听之之明,又有振之之力,宁戚之歌,豳明之言,不发于左右,则后而失其时矣。

❋ 《上兵部李侍郎书》

古之士三月不仕则相吊,故出疆必载质。然所以重于自进者,以其于周不可则去之鲁,于鲁不可则去之齐,于齐不可则去之宋、之郑、之秦、之楚也。今天下一君,四海一国,舍乎此则夷狄矣,去父母之邦矣,故士之行道者,不得于朝则山林而已矣。山林者,士之所独善自养而不忧天下者之所能安也,如有忧天下之心,则不能矣。故愈每自进而不知愧焉,书亟上,足数及门,而不知止焉。宁独如此而已,惴惴焉惟不得出大贤之门下是惧,亦惟少垂察焉。

❋ 《后廿九日复上书》

欲事干谒,则患不能小书,困于投刺;欲学为佞,则患言讷词直,卒事不成,徒使其躬儳焉而不终日。是以劳思长怀,中夜起坐,度时揣己,废然而返,虽欲从之,末由也已。然又常念古之人日已进,今之人日已退。夫古之人四十而仕,其行道为学,既已大成,而又之死不倦,故其事业功德,老而益明,死而益光,故《诗》曰:"虽无老成人,尚有典型。"言老成之可尚也。又曰:"乐只君子,德音不已。"谓死而不亡也。

❋ 《上考功崔虞部书》

韩愈名篇名句赏读

夫今之人务利而遗道，其学其问，以之取名致官而已。得一名，获一位，则弃其业而役役于持权者之门，故其事业功德日以忘，月以削，老而益昏，死而遂亡。愈今二十有六矣，距古人始仕之年尚十四年，岂为晚哉？行之以不息，要之以至死，不有得于今，必有得于古，不有得于身，必有得于后。用此自遣，且以为知己者之报，执事以为何如哉？其信然否也？今所病者在于穷约，无僦屋赁仆之资，无缊袍粝食之给，驱马出门，不知所之。斯道未丧，天命不欺，岂遂殆哉？岂遂困哉？

❋ 《上考功崔虞部书》

夫士之来也，必有求于阁下。夫以贫贱而求于富贵，正其宜也。阁下之财不可以遍施于天下，在择其人之贤愚而厚薄等级之可也。假如贤者至，阁下乃一见之，愚者至，不得见焉，则贤者莫不至而愚者日远矣。假如愚者至，阁下以千金与之，贤者至，亦以千金与之，则愚者莫不至而贤者日远矣。欲求得士之道，尽于此而已。欲求士之贤愚，在于精鉴博采之而已。精鉴于己，固已得其十七八矣，又博采于人，百无一二遗者焉。若果能是道，愈见天下之竹帛不足书阁下之功德，天下之金石不足颂阁下之形容矣！

❋ 《与凤翔邢尚书书》

愈也布衣之士也。生七岁而读书，十三而能文，二十五而擢第于春

官,以文名于四方。前古之兴亡未尝不经于心也,当世之得失未尝不留于意也。常以天下之安危在边,故六月于迈,来观其师。及至此都,徘徊而不能去者,诚悦阁下之义。愿少立于阶墀之际,望见君子之威仪也。居十日而不敢进者,诚以左右无先为容,惧阁下以众人视之,则杀身不足以灭耻,徒悔恨于无穷。故先此书,序其所以来之意,阁下其无以为狂而以礼进退之,幸甚,幸甚。

❋ 《与凤翔邢尚书书》

夫道不加修,则贤者不与;文日益有名,则同进者忌。始之以日隔之疏,加之以不专之望,以不与者之心而听忌者之说,由是阁下之庭无愈之迹矣。

❋ 《与陈给事书》

士之能享大名显当世者,莫不有先达之士负天下之望者为之前焉;士之能垂休光照后世者,亦莫不有后进之士负天下之望者为之后焉。莫为之前,虽美而不彰;莫为之后,虽盛而不传。是二人者,未始不相须也,然而千百载乃一相遇焉,岂上之人无可援,下之人无可推欤?何其相须之殷而相遇之疏也?其故在下之人负其能不肯谄其上,上之人负其位不肯顾其下,故高材多戚戚之穷,盛位无赫赫之光。是二人者之所为皆过也。未尝干之,不可谓上无其人;未尝求之,不可谓下无其人。愈之诵此言久矣,未尝敢以闻于人。

❋ 《与于襄阳书》

韩愈名篇名句赏读

侧闻阁下抱不世之材,特立而独行,道方而事实,卷舒不随乎时,文武惟其所用,岂愈所谓其人哉?抑未闻后进之士有遇知于左右、获礼于门下者,岂求之而未得耶?将志存乎立功,而事专乎报主,虽遇其人,未暇礼耶?何其宜闻而久不闻也?愈虽不才,其自处不肯后于恒人,阁下将求之而未得欤?古人有言,请自隗始。

❋ 《与于襄阳书》

愈今者惟朝夕刍米仆赁之资是急,不过费阁下一朝之享而足也。如曰:吾志存乎立功,而事专乎报主,虽遇其人,未暇礼焉,则非愈之所敢知也。世之龊龊者既不足以语之,磊落奇伟之人又不能听焉,则信乎命之穷也!

❋ 《与于襄阳书》

某闻木在山,马在肆,遇之而不顾者,虽日累千万人,未为不材与下乘也。及至匠石过之而不睨,伯乐遇之而不顾,然后知其非栋梁之材、超逸之足也。以某在公之宇下非一日,而又辱居姻娅之后,是生于匠石之园,长于伯乐之厩者也,于是而不得知,假有见知者千万人,亦何足云。

❋ 《为人求荐书》

与足下别久矣。以吾心之思足下,知足下悬悬于吾也。各以事牵,不可合并。其于人人,非足下之为见而日与之处,足下知吾心乐吾也!吾言之而听者谁欤?吾唱之而和者谁欤?言无听也,唱无和也,独行而无徒也,是非无所与同也,足下知吾心乐否也!

❋ 《与孟东野书》

足下才高气清,行古道,处今世,无田而衣食,事亲左右无违,足下之用心勤矣!足下之处身劳且苦矣!混混与世相浊,独其心追古人而从之,足下之道其使吾悲也!

❋ 《与孟东野书》

所贵乎京师者,不以明天子在上,贤公卿在下,布衣韦带之士谈道义者多乎?以仆遑遑于其中,能上闻而下达乎?其知我者固少,知而相爱不相忌者又加少,内无所资,外无所从,终安所为乎?

❋ 《与李翱书》

嗟乎!子之责我诚是也,爱我诚多也。今天下之人有如子者乎?自尧舜以来士有不遇者乎?无也?子独安能使我洁清不污而处其所可乐哉?非不愿为子之所云者,力不足,势不便故也。仆于此岂以为大相知乎?累累随行,役役逐队,饥而食,饱而嬉者也。其所以止而不去者,以其心诚有爱于仆也。然所爱于我者少,不知我者犹多,吾岂乐于此乎哉?将亦有所病而求息于此也。

❋ 《与李翱书》

嗟乎!子诚爱我矣,子之所责于我者诚是矣,然恐子有时不暇责我而自责且自悲也。及之而后知,履之而后难耳。孔子称颜回"一箪食,一瓢饮,人不堪其忧,回也不改其乐"。彼人者,有圣者为之依归,而又有箪食瓢饮足以不死,其不忧而乐也岂不易哉!若仆无所依归,无箪食,无瓢饮,无所取资,则饿而死,其不亦难乎?子之闻我言亦悲矣。嗟乎,子亦慎其所之哉!

✻ 《与李翱书》

自古贤者少,不肖者多。自省事已来,又见贤者恒不遇,不贤者比肩青紫;贤者恒无以自存,不贤者志满气得;贤者虽得卑位则旋而死,不贤者或至眉寿。不知造物者意竟如何?无乃所好恶与人异心哉?又不知无乃都不省记,任其死生寿夭耶?未可知也。人固有薄卿相之官、千乘之位而甘陋巷菜羹者。同是人也,犹有好恶如此之异者,况天之与人,当必异其所好恶,无疑也。合于天而乖于人,何害?况又时有兼得者耶?崔君崔君,无怠无怠!

✻ 《与崔群书》

仆无以自全活者,从一官于此,转困穷甚,思自放于伊、颍之上,当亦终得之。近者尤衰惫,左车第二牙无故动摇脱去,目视昏花,寻常间便不分人颜色,两鬓半白,头发五分亦白其一,须亦有一茎两茎白者。仆家不幸,诸父诸兄皆康强早世,如仆者又可以图于久长哉?以此忽忽思与足下相见,一道其怀。小儿女满前,能不顾念!足下何由得归北来?仆不乐江南,官满便终老嵩下,足下可相就,仆不可去矣。珍重自爱,慎饮食,

韩愈名篇名句赏读

少思虑,惟此之望。

❋ 《与崔群书》

凡祸福吉凶之来,似不在我。惟君子得祸为不幸,而小人得祸为恒;君子得福为恒,而小人得福为幸:以其所为似有以取之也。必曰"君子则吉,小人则凶"者,不可也。贤不肖存乎己,贵与贱、祸与福存乎天,名声之善恶存乎人。存乎己者,吾将勉之;存乎天,存乎人者,吾将任彼而不用吾力焉。其所守者岂不约而易行哉?足下曰"命之穷通,自我为之",吾恐未合于道。足下征前世而言之,则知矣,若曰以道德为己任,穷通之来,不接吾心,则可也。

❋ 《与卫中行书》

伏承天恩,诏河南敦谕拾遗公:朝廷之士,引颈东望,若景星凤凰之始见也,争先睹之为快。方今天子仁圣,小大之事,皆出宰相,乐善言,如不得闻。自即大位以来,于今四年,凡所施者,无不得宜。勤俭之声,宽大之政,幽闺妇女、草野小人,皆饱闻而厌道之。愈不通于古,请问先生:世非太平之运欤?加又有非人力而至者:年谷熟衍,符贶委至;若干纪之奸,不战而拘累;强梁之凶,销铄缩栗,迎风而委伏。其有一事未就正,自视若不成人。四海之所环,无一夫甲而兵者。若此时也,拾遗公不疾起与天下之士君子乐成而享之,斯无时矣。

❋ 《与少室李拾遗书》

韩愈名篇名句赏读

昔者,孔子知不可为而为之不已,足迹接于诸侯之国。即可为之时,自藏深山,牢关而固拒,即与仁义者异守矣。想拾遗公冠带就车,惠然肯来,舒所蓄积,以补缀盛德之有阙遗,利加于时,名垂于将来。踊跃悚企,倾刻以冀。

❋ 《与少室李拾遗书》

淮右残孽,尚守巢窟,环寇之师,殆且十万,瞋目语难。自以为武人不肯循法度,颉颃作气势,窃爵位自尊大者,肩相摩、地相属也,不闻有一人援枹鼓誓众而前者,但日令走马来求赏给,助寇为声势而已!

❋ 《与鄂州柳中丞书》

愈诚怯弱不适于用,听于下风,窃自增气,夸于中朝稠人广众会集之中,所以羞武夫之颜,令议者知将国兵而为人之司命者不在彼而在此也。

❋ 《与鄂州柳中丞书》

曾子称:"小功不税,则是远兄弟,终于服也,而可乎?"郑玄注云:"以情责情。"今之士人,遂引此不追服小功。小功服最多,亲则叔父之下殇,与適孙之下殇,与昆弟之下殇,尊则外祖父母,常服则从祖祖父母。礼沿人情,其不可不服也明矣。

❋ 《与李秘论小功不税书》

古之人行役不逾时,各相与处一国,其不追服虽不可,犹至少;今之人,男出仕,女出嫁,或千里之外,家贫讣告不及时,则是不服小功者恒多，而服小功者恒鲜矣。君子之于骨肉，死则悲哀而为之服者，岂牵于外哉？闻其死则悲哀，岂有间于新故死哉？今特以讣告不及时，闻死出其日数，则不服，岂可乎？愈常怪此。近出吊人，见其颜色戚戚类有丧者，而其服则吉，问之，则云"小功不税"者也。《礼》文残缺，师道不传，不识《礼》之所谓"不税"，果不追服乎？无乃别有所指，而传注者失其宗乎？

❋ 《与李秘论小功不税书》

辱示《初筮赋》，实有意思。但力为之，古人不难到，但不知直似古人，亦何得于今人也？仆为文久，每自称意中以为好，则人必以为恶矣。小称意，人亦小怪之，大称意，即人必大怪之也。时时应事作俗下文字，下笔令人惭，及示人，则人以为好矣。小惭者，亦蒙谓之小好，大惭者，即必以为大好矣。不知古文直何用于今世也，然以俟知者耳。

❋ 《与冯宿论文书》

昔扬子云著《太玄》，人皆笑之，子云之言曰："世不我知，无害也。后世复有扬子云，必好之矣。"子云死近千载，竟未有扬子云，可叹也！其时桓谭亦以为雄书胜老子。老子未足道也，子云岂止与老子争强而已乎？此未为知雄者。其弟子侯芭颇知之，以为其师之书胜《周易》，然侯之他文不见于世，不知其人果如何耳。以此而言，作者不祈人之知也明矣。直百世以俟圣人而不惑，质诸鬼神而无疑耳。足下岂不谓然乎？

❋ 《与冯宿论文书》

聆听感悟大师经典

韩愈名篇名句赏读

凡举进士者,于先进之门,何所不往?先进之于后辈,苟见其至,宁可以不答其意邪?来者则接之,举城士大夫莫不皆然,而愈不幸独有接后辈名,名之所存,谤之所归也。

❄ 《答刘正夫书》

夫百物朝夕所见者,人皆不注视也,及睹其异者,则共观而言之。夫文岂异于是乎?汉朝人莫不能为文,独司马相如、太史公、刘向、扬雄为之最,然则用功深者,其收名也远。若皆与世沉浮,不自树立,虽不为当时所怪,亦必无后世之传也。足下家中百物,皆赖而用也,然其所珍爱者,必非常物。夫君子之于文岂异于是乎?今后进之为文,能深探而力取之,以古圣贤人为法者,虽未必皆是,要若有司马相如、太史公、刘向、扬雄之徒出,必自于此,不自于寻常之徒也。若圣人之道,不用文则已,用则必尚其能者。能者非他,能自树立,不因循者是也。有文字来,谁不为文?然其存于今者,必其能者也,顾常以此为说耳。

❄ 《答刘正夫书》

生,所谓立言者是也。生所为者与所期者甚似而几矣。抑不知生之志蕲胜于人而取于人耶?将蕲至于古之立言者邪?蕲胜于人而取于人,则固胜于人而可取于人矣。将蕲至于古之立言者,则无望其速成,无诱于势利,养其根而俟其实,加其膏而希其光。根之茂者其实遂,膏之沃者

其光烨,仁义之人,其言蔼如也。

❋ 《答李翊书》

气,水也,言,浮物也,水大而物之浮者大小毕浮。气之与言犹是也,气盛则言之短长与声之高下者皆宜。虽如是,其敢自谓几于成乎?虽几于成,其用于人也奚取焉?虽然,待用于人者,其肖于器邪?用与舍属诸人。君子则不然:处心有道,行己有方,用则施诸人,舍则传诸其徒,垂诸文而为后世法。如是者其亦足乐乎?其无足乐也?

❋ 《答李翊书》

有志乎古者希矣!志乎古必遗乎今,吾诚乐而悲之。亟称其人,所以劝之,非敢褒其可褒而贬其可贬也。问于愈者多矣,念生之言不志乎利,聊相为言之。

❋ 《答李翊书》

夫所谓著书者,义止乎辞耳。宜之于口,书之于简,何择焉?孟轲之书,非轲自著,轲既没,其徒万章、公孙丑相与记轲所言焉耳。仆自得圣人之道而诵之,排前二家有年矣,不知者以仆为好辩也。然从而化者亦有矣,闻而疑者又有倍焉,顽然不入者,亲以言喻之不入,则其观吾书也固将无得矣。为此而止,吾岂有爱于力乎哉?

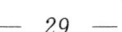 《答张籍书》

然有一说:化当世莫若口,传来世莫若书,又惧吾力之未至也。

韩愈名篇名句赏读

三十而立,四十而不惑,吾于圣人,既过之犹惧不及,矧今未至,固有所未至耳。请待五六十,然后为之,冀其少过也。

❈ 《答张籍书》

序

及仪之之来也,闻其言而见其行,则向之所谓群与博者,吾何先后焉?仪之智足以造谋,材足以立事,忠足以勤上,惠足以存下,而又侈之以《诗》《书》六艺之学、先圣贤之德音,以成其文,以辅其质,宜乎从事于是府,而流声实于天朝也。

❋ 《送杨支使序》

凡天下之事成于自同而败于自异。为刺史者恒私于其民,不以实应乎府;为观察使者恒急于其赋,不以情信乎州。由是刺史不安其官,观察使不得其政,财已竭而敛不休,人已穷而赋愈急,其不去为盗也亦幸矣。诚使刺史不私于其民,观察使不急于其赋,刺史曰,吾州之民天下之民也,惠不可以独厚;观察使亦曰,某州之民天下之民也,敛不可以独急,如是而政不均、令不行者,未之有也。其前之言者,于公既已信而行之矣,今之言者,其有不信乎?县之于州,犹州之于府也。有以事乎上,有以临乎下,同则成,异则败者皆然也。非使君之贤,其谁能信之?

❋ 《送许郢州序》

乐乎心,则一境之人喜;不乐乎心,则一境之人惧,丈夫官至刺史,亦荣矣。

❋ 《赠崔复州序》

虽然,幽远之小民,其足迹未尝至城邑,苟有不得其所,能自直于乡里之吏者,鲜矣,况能自辨于县吏乎?能自辨于县吏者鲜矣,况能自辨于刺史之庭

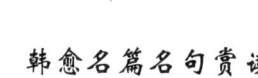

乎？由是刺史有所不闻，小民有所不宣。赋有常而民产无恒，水旱疠疫之不期，民之丰约悬于州。县令不以言，连帅不以信，民就穷而敛愈急，吾见刺史之难为也。

❈ 《赠崔复州序》

天下之以明二经举于礼部者，岁至三千人。始自县考试定其可举者，然后升于州若府。其不能中科者，不与是数焉。州若府总其属之所升，又考试之如县，加察详焉，定其可举者，然后贡于天子而升之有司。其不能中科者，不与是数焉，谓之乡贡。有司者总府州之所升而考试之，加察详焉，第其可进者，以名上于天子而藏之属之吏部，岁不及二百人，谓之出身。能在是选者，厥惟艰哉！二经章句，仅数十万言，其传注在外，皆诵之，又约知其大说，繇是举者，或远至十余年，然后与乎三千之数，而升于礼部矣。又或远至十余年，然后与乎二百之数，而进于吏部矣，班白之老半焉。昏塞不能及者，皆不在是限，有终身不得与者焉。

❈ 《赠张童子序》

以明经举者，诵数十万言。又约通大义、征辞引类、旁出入他经者，又诵数十万言，其为业也勤矣。登第于有司者，去民亩而就吏禄，由是进而累为卿相者，常常有之，其为获也亦大矣。

❈ 《送牛堪序》

然吾未尝闻有登第于有司而进谢于其门者。岂有司之待之也，抑以

公不以情,举者之望于有司也,亦将然乎?其进而谢于其门也,则为私乎?抑无乃人事之未思,或者不能举其礼乎?若牛堪者,思虑足以及之,材质足以行之,而又不闻其往者,其将有以哉!违众而求识,立奇而取名,非堪心之所存也。由是而观之,其至于大官也不为幸矣!

❋ 《送牛堪序》

堪,太学生也。余,博士也。博士师属也,于其登第而归,将荣于其乡也,能无说乎?

❋ 《送牛堪序》

河阳军节度御史大夫乌公为节度之三月,求士于从事之贤者,有荐石先生者。公曰:"先生何如?"曰:"先生居嵩、邙、瀍、谷之间,冬一裘,夏一葛,食,朝夕饭一盂、蔬一盘。人与之钱则辞,请与出游,未尝以事辞,劝之仕,不应。坐一室,左右图书。与之语道理,辨古今事当否,论人高下,事后当成败,若河决下流而东注,若驷马驾轻车就熟路,而王良、造父为之先后也,若烛照、数计而龟卜也。"大夫曰:"先生有以自老,无求于人,其肯为某来邪?"从事曰:"大夫文武忠孝,求士为国,不私于家。方今寇聚于恒,师环其疆,农不耕收,财粟殚亡,吾所处地,归输之途,治法征谋,宜有所出。先生仁且勇,若以义请而强委重焉,其何说之辞?"于是撰书词,具马币,卜日以授使者,求先生之庐而请焉。先生不告于妻子,不谋于朋友,冠带出见客,拜受书礼于门内,宵则沐浴戒行李,载书册,问道

韩愈名篇名句赏读

所由,告行于常所来往;晨则毕至,张上东门外。

❋ 《送石处士序》

歙,大州也。刺史,尊官也。由郎官而往者,前后相望也。当今赋出于天下,江南居十九,宣使之所察,歙为富州。宰臣之所荐闻,天子之所选用,其不轻而重也较然矣。如是而赟咨涕洟以为不当去者:陆君之道行乎朝廷,则天下望其赐;刺一州,则专而不能咸。先一州而后天下,岂吾君与吾相之心哉?

❋ 《送陆歙州诗序》

秘书,御府也。天子犹以为外且远,不得朝夕视,始更聚书集贤殿,别置校雠官,曰学士,曰校理,常以宠丞相为大学士,其他学士皆达官也。校理则用天下之名能文学者,苟在选,不计其秩次,惟所用之。由是,集贤之书盛积,尽秘书所有不能处其半。书日益多,官日益重。

❋ 《送郑十为校理序》

愈为博士也,始事相公于祭酒;分教东都生也,事相公于东太学;今为郎于都官也,又事相公于居守。三为属吏,经时五年,观道德于前后,听教诲于左右,可谓亲薰而炙之矣。其高大远密者,不敢隐度论也。其勤己而务博施,以己之有,欲人之能,不知古君子何如耳?今生始进仕,获重语于天下,而慊慊若不足,真能守其家法矣。其在门者可进贺也。

❋ 《送郑十为校理序》

韩愈名篇名句赏读

大凡物不得其平则鸣。草木之无声,风挠之鸣。水之无声,风荡之鸣。其跃也,或激之;其趋也,或梗之;其沸也,或炙之。金石之声,或击之鸣。人之于言也亦然,有不得已者而后言。其歌也有思,其哭也有怀。凡出乎口而为声者,其皆有弗平者乎!

❋ 《送孟东野序》

乐也者,郁于中而泄于外者也,择其善鸣者而假之鸣。金、石、丝、竹、匏、土、革、木八者,物之善鸣者也。维天之于时也亦然,择其善鸣者而假之鸣。是故以鸟鸣春,以雷鸣夏,以虫鸣秋,以风鸣冬。四时之相推夺,其必有不得其平者乎?

❋ 《送孟东野序》

古之所谓公无私者,其取舍进退无择于亲疏远迩,惟其宜可焉。其下之视上也,亦惟视其举黜之当否,不以亲疏远迩疑乎其上之人也。故上之人行志择谊,坦乎其无忧于下也;下之人克己慎行,确乎其无惑于上也。是故为君不劳,而为臣甚易:见一善焉,可得详而举也;见一不善焉,可得明而去也。

❋ 《送齐暤下第序》

及道之衰,上下交疑,于是乎举仇、举子之事,载之传中而称美之,谓之忠。见一善焉,若亲与迩不敢举也;见一不善焉,若疏与远不敢去也。众之所同好焉,矫而黜之乃公也;众之所同恶焉,激而举之乃忠也。于是

韩愈名篇名句赏读

乎有违心之行,有佛志之言,有内愧之名,若然者,俗所谓良有司也。肤受之诉不行于君,巧言之诬不起于人矣。呜呼!今之君天下者,不亦劳乎!为有司者,不亦难乎!为人向道者,不亦勤乎!

❋ 《送齐皡下第序》

是故端居而念焉,非君人者之过也。则曰有司焉,则非有司之过也。则曰今举天下人焉,则非今举天下人之过也。盖其渐有因,其本有根,生于私其亲,成于私其身。以己之不直,而谓人皆然。其植之也固久,其除之也实难,非百年必世不可得而化也,非知命不惑不可得而改也。已矣乎,其终能复古乎?

❋ 《送齐皡下第序》

愿之子曰:"人之称大丈夫者,我知之矣。利泽施于人,名声昭于时。坐于庙朝,进退百官,而佐天子出令。其在外,则树旗旄,罗弓矢,武夫前呵,从者塞途,供给之人,各执其物,夹道而疾驰。喜有赏,怒有刑。才畯满前,道古今而誉盛德,入耳而不烦。曲眉丰颊,清声而便体,秀外而惠中,飘轻裾,翳长袖,粉白黛绿者,列屋而闲居,妒宠而负恃,争妍而取怜。大丈夫之遇知于天子,用力于当世者之为也。吾非恶此而逃之,是有命焉,不可幸而致也。

❋ 《送李愿归盘谷序》

"穷居而野处,升高而望远,坐茂树以终日,濯清泉以自洁。采于山,

美可茹;钓于水,鲜可食。起居无时,惟适之安。与其有誉于前,孰若无毁于其后;与其有乐于身,孰若无忧于其心。车服不维,刀锯不加,理乱不知,黜陟不闻。大丈夫不遇于时者之所为也,我则行之。

❋ 《送李愿归盘谷序》

读书以为学,缵言以为文,非以夸多而斗靡也;盖学所以为道,文所以为理耳。苟行事得其宜,出言适其要,虽不吾面,吾将信其富于文学也。

❋ 《送陈秀才彤序》

夫文畅,浮屠也,如欲闻浮屠之说,当自就其师而问之,何故谒吾徒而来请也?彼见吾君臣父子之懿,文物事为之盛,其心有慕焉。拘其法而未能入,故乐闻其说而请之。如吾徒者,宜当告之以二帝三王之道,日月星辰之行,天地之所以著,鬼神之所以幽,人物之所以蕃,江河之所以流而语之,不当又为浮屠之说而渎告之也。

❋ 《送浮屠文畅师序》

民之初生,固若禽兽夷狄然。圣人者立,然后知宫居而粒食,亲亲而尊尊,生者养而死者藏。是故道莫大乎仁义,教莫正乎礼乐刑政。施之于天下,万物得其宜;措之于其躬,体安而气平。尧以是传之舜,舜以是传之禹,禹以是传之汤,汤以是传之文、武,文、武以是传之周公、孔子,书之于册,中国之人世守之。今浮屠者,孰为而孰传之耶?夫鸟俯而啄,仰

韩愈名篇名句赏读

而四顾;夫兽深居而简出,惧物之为己害也,犹且不脱焉。弱之肉,强之食。今吾与文畅安居而暇食,优游以生死,与禽兽异者,宁可不知其所自耶?

❋ 《送浮屠文畅师序》

夫不知者,非其人之罪也;知而不为者,惑也;悦乎故不能即乎新者,弱也;知而不以告人者,不仁也;告而不以实者,不信也。予既重柳请,又嘉浮屠能喜文辞,于是乎言。

❋ 《送浮屠文畅师序》

苟可以寓其巧智,使机应于心,不挫于气,则神完而守固。虽外物至,不胶于心。尧、舜、禹、汤治天下,养叔治射,庖丁治牛,师旷治音声,扁鹊治病,僚之于丸,秋之于奕,伯伦之于酒,乐之终身不厌,奚暇外慕?夫外慕徙业者,皆不造其堂,不哜其胾者也。

❋ 《送高闲上人序》

今闲之于草书,有旭之心哉?不得其心而逐其迹,未见其能旭也。为旭有道:利害必明,无遗锱铢;情炎于中,利欲斗进;有得有丧,勃然不释,然后一决于书,而后旭可几也。今闲师浮屠氏,一生死,解外胶,是其为心,必泊然无所起;其于世,必淡然无所嗜。泊与淡相遭,颓堕委靡,溃败不可收拾,则其于书得无象之然乎!

❋ 《送高闲上人序》

记

韩愈名篇名句赏读

其丘曰俟德之丘;蔽于古而显于今,有俟之道也。其石谷曰谦受之谷,瀑曰振鹭之瀑;谷言德,瀑言容也。其土谷曰黄金之谷,瀑曰秩秩之瀑;谷言容,瀑言德也。洞曰寒居之洞,志其入时也。池曰君子之池,虚以锺其美,盈以出其恶也。泉之源曰天泽之泉,出高而施下也。合而名之,屋曰燕喜之序,取《诗》所谓鲁侯燕喜之颂也。

❋ 《燕喜亭记》

于是州民之老,闻而相与观焉。曰:"吾州之山水名天下,而无与燕喜者比。"经营于其侧者相接也,而莫直其地。

❋ 《燕喜亭记》

凡天作而地藏之,以遗其人乎!弘中自吏部郎贬秩而来。次其道途所经;自蓝田入商洛,涉淅湍,临汉水,升岘首以望方城,出荆门,下岷江,过洞庭,上湘水,行衡山之下,由郴逾岭,猿狖所家,鱼龙所宫,极幽遐瑰诡之观。宜其于山水饫闻而厌见也,今其意乃若不足。《传》曰:"智者乐水,仁者乐山。"弘中之德,与其所好,可谓协矣。智以谋之,仁以居之,吾知其去是而羽仪于天朝也不远矣。

❋ 《燕喜亭记》

书记之任亦难矣!元戎整齐三军之士,统理所部之甿,以镇守邦国,赞天子施教化,而又外与宾客四邻交;其朝觐、聘问、慰荐、祭祀、祈祝之文,与所部之政,三军之号令升黜,凡文辞之事,皆出书记。非阁辨通敏兼人之才，莫宜居之。然皆元戎自辟，然后命于天子。苟其帅之不文，则其所辟或不当，亦其理宜也。

✲《徐泗濠三州节度掌书记厅石记》

后之人苟未知南阳公之文章，吾请观于三君子；苟未知三君子之文章，吾请观于南阳公可知矣：蔚乎其相章，炳乎其相辉；志同而气合，鱼川泳而乌云飞也！

✲《徐泗濠三州节度掌书记厅石记》

维汴州河水自中注。厥初距河为城，其不合者，诞置联锁于河，宵浮昼湛，舟不潜通。然其襟抱亏疏，风气宜泄，邑居弗宁，讹言屡腾。历载已来，就究孰思。皇帝御天下十有八载，此邦之人，遭逢疾威，嚣童嗷嘑，劫众阻兵。懔懔栗栗，若坠若覆。时维陇西公受命作藩，爰自洛京，单车来临，遂拯其危，遂去其疵。弗肃弗厉，薰为大和。神应福祥，五谷穰熟。既庶而丰，人力有余。监军是咨，司马是谋；乃作水门，为邦之郛。以固风气，以闲寇偷。黄流浑浑，飞阁渠渠。因而饰之，匪为观游。天子之武，维陇西公是布；天子之文，维陇西公是宣。河之沄沄，源于昆仑。天子万祀，公多受祉。乃伐山石，刻之日月；尚俾来者，知作之所始。

✲《汴州东西水门记并序》

传

韩愈名篇名句赏读

惜乎蕃之居下,其可以施于人者不流也。譬之水,其为泽,不为川乎!川者高,泽者卑;高者流,卑者止,是故蕃之仁义,充诸心,行诸太学,积者多,施者不遐也。天将雨,水气上,无择于川泽涧溪之高下,然则泽之道,其亦有施乎?抑有待于彼者欤?故凡贫贱之士必有待,然后能有所立,独何蕃欤!吾是以言之,无亦使其无传焉。

❋ 《太学生何蕃传》

圬之为技,贱且劳也,有业之,其色若自得者。听其言,约而尽。问之,王其姓,承福其名,世为京兆长安农夫。天宝之乱,发人为兵,持弓矢十三年,有官勋,弃之来归,丧其土田,手镘衣食,余三十年,舍于市之主人,而归其屋食之当焉。视时屋食之贵贱,而上下其圬之佣以偿之。有余,则以与道路之废疾饿者焉。

❋ 《圬者王承福传》

愈始闻而惑之,又从而思之,盖贤者也,盖所谓独善其身者也。然吾有讥焉,谓其自为也过多,其为人也过少,其学杨朱之道者邪?杨之道,不肯拔一毛而利天下。而夫人以有家为劳心,不肯一动其心以畜其妻子,其肯劳其心以为人乎哉!虽然,其贤于世之患不得之而患失之者,以济其生之欲,贪邪而亡道,以丧其身者,其亦远矣。又其言有可以警余者,故余为之传,而自鉴焉。

❋ 《圬者王承福传》

原

博爱之谓仁,行而宜之之谓义,由是而之焉之谓道,足乎己无待于外之谓德。仁与义为定名,道与德为虚位。故道有君子小人,而德有凶有吉。老子之小仁义,非毁之也,其见者小也。坐井而观天,曰天小者,非天小也。彼以煦煦为仁,孑孑为义,其小之也则宜。其所谓道,道其所道,非吾所谓道也;其所谓德,德其所德,非吾所谓德也。凡吾所谓道德云者,合仁与义言之也,天下之公言也。老子之所谓道德云者,去仁与义言之也,一人之私言也。

❋ 《原道》

甚矣,人之好怪也,不求其端,不讯其末,惟怪之欲闻。古之为民者四,今之为民者六。古之教者处其一,今之教者处其三。农之家一,而食粟之家六;工之家一,而用器之家六;贾之家一,而资焉之家六,奈之何民不穷且盗也?

❋ 《原道》

帝之与王,其号虽殊,其所以为圣一也。夏葛而冬裘,渴饮而饥食,其事殊,其所以为智一也。今其言曰:曷不为太古之无事?是亦责冬之裘者曰:曷不为葛之之易也?责饥之食者曰:曷不为饮之之易也?

❋ 《原道》

传曰:"古之欲明明德于天下者,先治其国;欲治其国者,先齐其家;欲齐其家者,先修其身;欲修其身者,先正其心;欲正其心者,先诚其意。"

韩愈名篇名句赏读

然则古之所谓正心而诚意者,将以有为也。今也,欲治其心而外天下国家,灭其天常,子焉而不父其父,臣焉而不君其君,民焉而不事其事。孔子之作《春秋》也,诸侯用夷礼则夷之,进于中国则中国之。《经》曰:"夷狄之有君,不如诸夏之亡。"《诗》曰:"戎狄是膺,荆舒是惩。"今也,举夷狄之法而加之先王之教之上,几何其不胥而为夷也?

❈ 《原道》

孟子之言性曰:人之性善。荀子之言性曰:人之性恶。扬子之言性曰:人之性善恶混。夫始善而进恶,与始恶而进善,与始也混而今也善恶,皆举其中而遗其上下者也,得其一而失其二者也。叔鱼之生也,其母视之,知其必以贿死。杨食我之生也,叔向之母闻其号也,知必灭其宗。越椒之生也,子文以为大戚,知若敖氏之鬼不食也。人之性果善乎,后稷之生也,其母无灾,其始匍匐也,则岐岐然,嶷嶷然。文王之在母也,母不忧,既生也,傅不勤,既学也,师不烦。人之性果恶乎?尧之朱、舜之均、文王之管蔡,习非不善也,而卒为奸。瞽叟之舜,鲧之禹,习非不恶也,而卒为圣。人之性善恶果混乎?故曰:三子之言性也,举其中而遗其上下者也,得其一而失其二者也。曰:然则性之上下者,其终不可移乎?曰:上之性就学而愈明,下之性畏威而寡罪,是故上者可教,而下者可制也。其品则孔子谓不移也。

❈ 《原性》

韩愈名篇名句赏读

古之君子,其责己也重以周,其待人也轻以约。重以周,故不怠;轻以约,故人乐为善。闻古之人有舜者,其为人也,仁义人也。

❋ 《原毁》

今之君子则不然,其责人也详,其待己也廉。详,故人难于为善;廉,故自取也少。己未有善,曰:"我善是,是亦足矣。"己未有能,曰:"我能是,是亦足矣。"外以欺于人,内以欺于心,未少有得而止矣,不亦待其身者已廉乎?其于人也,曰:"彼虽能是,其人不足称也;彼虽善是,其用不足称也。"举其一,不计其十;究其旧,不图其新;恐恐然惟惧其人之有闻也。是不亦责于人者已详乎?夫是之谓不以众人待其身,而以圣人望于人,吾未见其尊己也!

❋ 《原毁》

虽然,为是者有本有原,怠与忌之谓也。怠者不能修,而忌者畏人修。吾常试之矣。尝试语于众曰:"某,良士;某,良士。"其应者,必其人之与也;不然,则其所疏远,不与同其利者也;不然,则其畏也。不若是,强者必怒于言,懦者必怒于色矣。又尝语于众曰:"某,非良士;某,非良士。"其不应者,必其人之与也;不然,则其所疏远,不与同其利者也;不然,则其畏也。不若是,强者必说于言,懦者必说于色矣。是故事修而谤兴,德高而毁来。呜呼!士之处此世,而望名誉之光、道德之行,难已!

❋ 《原毁》

韩愈名篇名句赏读

形于上者谓之天,形于下者谓之地,命于其两间者谓之人。形于上,日月星辰皆天也;形与下,草木山川皆地也;命于其两间,夷狄禽兽皆人也。

❋ 《原人》

故天道乱而日月星辰不得其行,地道乱而草木山川不得其平,人道乱而夷狄禽兽不得其情。天者,日月星辰之主也;地者,草木山川之主也;人者,夷狄禽兽之主也。主而暴之,不得其为主之道矣。是故圣人一视而同仁,笃近而举远。

❋ 《原人》

有啸于梁,从而烛之,无见也。斯鬼乎?曰:非也,鬼无声。有立于堂,从而视之,无见也。斯鬼乎?曰:非也,鬼无形。有触吾躬,从而执之,无得也。斯鬼乎?曰:非也,鬼无声与形,安有气?曰:鬼无声也,无形也,无气也,果无鬼乎?曰:有形而无声者。物有之矣,土石是也;有声而无形者,物有之矣,风霆是也;有声与形者,物有之矣,人兽是也;无声与形者,物有之矣,鬼神是也。

❋ 《原鬼》

夫讳始于何时?作法制以教天下者,非周公孔子欤?周公作诗不讳,孔子不偏讳二名,《春秋》不讥不讳嫌名,康王钊之孙实为昭王,曾参之父名皙,曾子不讳"昔"。周之时有骐期,汉之时有杜度,此其子宜如

何讳？将讳其嫌遂讳其姓乎？将不讳其嫌者乎？

❋ 《讳辩》

今考之于《经》，质之于《律》，稽之以国家之典，贺举进士为可邪？为不可邪？

❋ 《讳辩》

凡事父母得如曾参，可以无讥矣；作人得如周公孔子，亦可以止矣。今世之士不务行曾参周公孔子之行，而讳亲之名则务胜于曾参周公孔子，亦见其惑也。夫周公孔子曾参卒不可胜，胜周公孔子曾参，乃比于宦官宫妾，则是宦官宫妾之孝于其亲，贤于周公孔子曾参者耶？

❋ 《讳辩》

麟之为灵，昭昭也，咏于《诗》，书于《春秋》，杂出于传记百家之书，虽妇人小子皆知其为祥也。然麟之为物，不畜于家，不恒有于天下。其为形也不类，非若马牛犬豕豺狼麋鹿然。然则虽有麟，不可知其为麟也。角者，吾知其为牛；鬣者，吾知其为马；犬豕豺狼麋鹿，吾知其为犬豕豺狼麋鹿，惟麟也，不可知。不可知，则其谓之不祥也亦宜。虽然，麟之出，必有圣人在乎位，麟为圣人出也。圣人者必知麟，麟之果不为不祥也。又曰，麟之所以为麟者，以德不以形。若麟之出不待圣人，则谓之不祥也亦宜。

❋ 《获麟解》

韩愈名篇名句赏读

火泄于密,而为用且大。能不违于道,可燔可炙,可熔可甄,以利乎生物;及其放而不禁,反为灾矣。水发于深,而为用且远。能不违于道,可浮可载,可饮可灌,以济乎生物;及其导而不防,反为患矣。言起于微,而为用且博。能不违于道,可化可令,可告可训,以推于生物;及其纵而不慎,反为祸矣。

❈ 《择言解》

火既我灾,有水而可伏其焰,能使不陷于灰烬矣。水既我患,有土而可遏其流,能使不仆于波涛矣。言既我祸,即无以掩其辞,能不罹于过者亦鲜矣,所以知理者又焉得不择其言欤?其为慎而甚于水火。

❈ 《择言解》

古之学者必有师。师者,所以传道、受业、解惑也。人非生而知之者,孰能无惑?惑而不从师,其为惑也,终不解也。

❈ 《师说》

生乎吾前,其闻道也固先乎吾,吾从而师之;生乎吾后,其闻道也亦先乎吾,吾从而师之。吾师道也,夫庸知其年之先后生于吾乎?是故无贵无贱,无长无少,道之所存,师之所存也。

❈ 《师说》

嗟乎!师道之不传也久矣,欲人之无惑也难矣。古之圣人,其出人也远矣,犹且从师而问焉;今之众人,其下圣人也亦远矣,而耻学于师;是故圣益圣,愚益愚。圣人之所以为圣,愚人之所以为愚,其皆出于此乎!

❋ 《师说》

爱其子,择师而教之;于其身也,则耻师焉,惑矣!彼童子之师,授之书而习其句读者,非吾所谓传其道解其惑者也。句读之不知,惑之不解,或师焉,或不焉;小学而大遗,吾未见其明也。

❋ 《师说》

圣人无常师。孔子师郯子、苌弘、师襄、老聃;郯子之徒,其贤不及孔子。孔子曰:"三人行,则必有我师。"是故弟子不必不如师,师不必贤于弟子;闻道有先后,术业有专攻,如是而已。

❋ 《师说》

龙嘘气成云,云固弗灵于龙也。然龙乘是气,茫洋穷乎玄间,薄日月,伏光景,感震电,神变化,水下土,汩陵谷,云亦灵怪矣哉!云,龙之所能使为灵也。若龙之灵,则非云之所能使为灵也。然龙弗得云无以神其灵矣。失其所凭依,信不可欤!异哉!其所凭依,乃其所自为也。《易》曰:"云从龙。"既曰龙,云从之矣。

❋ 《杂说》

善医者不视人之瘠肥,察其脉之病否而已矣。善计天下者,不视天下之安危,察其纪纲之理乱而已矣。天下者,人也;安危者,肥瘠也;纪纲者,脉也。脉不病,虽瘠不害;脉病而肥者,死矣。通于此说者,其知所以

韩愈名篇名句赏读

为天下乎！夏殷周之衰也,诸侯作而战伐日行矣。传数十王而天下不倾者,纪纲存焉耳。秦之王秦下也,无分势于诸侯,聚兵而焚之。传二世而天下倾者,纪纲亡焉耳。是故四支虽无故,不足恃也,脉而已矣；四海虽无事,不足矜也,纪纲而已矣。忧其所可恃,惧其所可矜。善医善计者,谓之天扶与之。《易》曰："视履考祥。"善医善计者为之。

❋ 《杂　说》

谈生之为《崔山君传》,称鹤言者,岂不怪哉！然吾观于人,其能尽其性而不类于禽兽异物者希矣。将愤世嫉邪,长往而不来者之所为乎？昔之圣者,其首有若牛者,其形有若蛇者,其喙有若鸟者,其貌有若蒙倛者：彼皆貌似而心不同焉,可谓之非人邪？即有平胁曼肤,颜如渥丹,美而狠者,貌则人,其心则禽兽,又恶可谓之人邪？然则观貌之是非,不若论其心与其行事之可否为不失也。怪神之事,孔子之徒不言。余将特取其愤世嫉邪而作之,故题之云尔。

❋ 《杂　说》

世有伯乐,然后有千里马。千里马常有,而伯乐不常有,故虽有名马,只辱于奴隶人之手,骈死于槽枥之间,不以千里称也。马之千里者,一食或尽粟一石。食马者不知其能千里而食也,是马也,虽有千里之能,食不饱,力不足,才美不外见,且欲与常马等不可能,安求其能千里也？策之不以其道,食之不能尽其材,鸣之而不能通其意,执策而临之曰："天下无马。"呜呼！其真无马邪？其真不知马也！

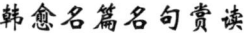 《杂说》

　　我思古人，伊郑之侨。以礼相国，人未安其教。游于乡之校，众口嚣嚣。或谓子产，毁乡校则止。曰："何患焉，可以成美。夫岂多言，亦各其志。善也吾行，不善吾避，维善维否，我于此视。川不可防，言不可弭，下塞上聋，邦其倾矣。"既乡校不毁，而郑国以理。

※ 《子产不毁乡校颂》

　　在周之兴，养老乞言；及其已衰，谤者使监。成败之迹，昭哉可观。

※ 《子产不毁乡校颂》

　　维是子产，执政之式，维其不遇，化止一国。诚率是道，相天下君，交畅旁达，施及无垠。於嘑！四海所以不理，有君无臣，谁其嗣之，我思古人。

※ 《子产不毁乡校颂》

　　士之特立独行，适于义而已。不顾人之是非，皆豪杰之士，信道笃而自知明者也。一家非之，力行而不惑者，寡矣；至于一国一州非之，力行而不惑者，盖天下一人而已矣；若至于举世非之，力行而不惑者，则千百年乃一人而已耳。若伯夷者，穷天地亘万世而不顾者也。昭乎日月不足为明，崒乎泰山不足为高，巍乎天地不足为容也。

※ 《伯夷颂》

韩愈名篇名句赏读

当殷之亡、周之兴,微子贤也,抱祭器而去之。武王、周公圣也,从天下之贤士与天下之诸侯而往攻之,未尝闻有非之者也,彼伯夷、叔齐者乃独以为不可。殷既灭矣,天下宗周,彼二子乃独耻食其粟,饿死而不顾。由是而言,夫岂有求而为哉?信道笃而自知明也。

❋ 《伯夷颂》

今世之所谓士者,一凡人誉之,则自以为有馀;一凡人沮之,则自以为不足,彼独非圣人,而自是如此。夫圣人乃万世之标准也,余故曰:若伯夷者,特立独行,穷天地亘万世而不顾者也。虽然,微二子,乱臣贼子接迹于后世矣。

❋ 《伯夷颂》

远虽材若不及巡者,开门纳巡,位本在巡上,授之柄而处其下,无所疑忌,竟与巡俱守死,成功名。城陷而虏,与巡死先后异耳。两家子弟材智下,不能通知二父志,以为巡死而远就虏,疑畏死而辞服于贼。远诚畏死,何苦守尺寸之地,食其所爱之肉,以与贼抗而不降乎?当其固守时,外无蚍蜉蚁子之援,所欲忠者,国与主耳。而贼语以国亡主灭,远见救援不至,而贼来益众,必以其言为信。外无待而犹死守,人相食且尽,虽愚人亦能数日而知死处矣,远之不畏死亦明矣。乌有城坏其徒俱死,独蒙愧耻求活?虽至愚者不忍为,呜呼,而谓远之贤而为之邪?

❋ 《张中丞传后叙》

韩愈名篇名句赏读

当二公之初守也,宁能知人之卒不救,弃城而逆遁?苟此不能守,虽避之他处何益?及其无救而且穷也,将其创残饿羸之余,虽欲去,必不达。二公之贤,其讲之精矣。守一城,捍天下,以千百就尽之卒,战百万日滋之师,蔽遮江淮,沮遏其势,天下之不亡,其谁之功也!当是时,弃城而图存者,不可一二数;擅强兵坐而观者,相环也。不追议此,而责二公以死守,亦见其自比于逆乱,设淫辞而助之攻也。

❋ 《张中丞传后叙》

始吾读孟轲书,然后知孔子之道尊,圣人之道易行,王易王,霸易霸也。以为孔子之徒没,尊圣人者孟氏而已。晚得扬雄书,益尊信孟氏。因雄书而孟氏益尊,则雄者亦圣人之徒欤!圣人之道不传于世,周之衰,好事者各以其说干时君,纷纷籍籍相乱,六经与百家之说错杂。然老师大儒犹在。火于秦,黄老于汉,其存而醇者孟轲氏而止耳,扬雄氏而止耳。及得荀氏书,于是又知有荀氏者也。考其辞,时若不粹,要其归,与孔子异者鲜矣。抑犹在轲、雄之间乎!孔子删《诗》《书》,笔削《春秋》,合于道者著之,离于道者黜去之。故《诗》《书》《春秋》无疵。余欲削荀氏之不合者,附于圣人之籍,亦孔子之志欤!孟氏醇乎醇者也,荀与扬大醇而小疵。

❋ 《读荀子》

古书之存者希矣!百氏杂家尚有可取,况圣人之制度邪?于是掇其

韩愈名篇名句赏读

大要,奇辞奥旨著于篇,学者可观焉。

❋ 《读〈仪礼〉》

儒讥墨以"上同""兼爱""上贤""明鬼",而孔子畏大人,"居是邦不非其大夫",《春秋》讥专臣,不"上同"哉?孔子泛爱亲仁,以博施济众为圣,不"兼爱"哉?孔子贤贤,以四科进褒弟子,疾殁世而名不称,不"上贤"哉?孔子祭如在,讥祭如不祭者,曰我祭则受福,不"明鬼"哉?

❋ 《读〈墨子〉》

儒墨同是尧舜,同非桀纣,同修身正心以治天下国家,奚不相悦如是哉?余以为辩生于末学,各务售其师之说,非二师之道本然也。

❋ 《读〈墨子〉》

既以语应客,夜归,私自尤曰:咄!市有虎,而曾参杀人,谗者之效也!《诗》曰:"取彼谗人,投畀豺虎。豺虎不食,投畀有北。有北不受,投畀有昊",伤于谗,疾而甚之之辞也。又曰:"乱之初生,僭始既涵。乱之又生,君子信谗",始疑而终信之之谓也。孔子曰:"远佞人",夫佞人不能远,则有时而信之矣。今我恃直而不戒,祸其至哉!徐又自解之曰:市有虎,听者庸也;曾参杀人,以爱惑聪也;《巷伯》之伤,乱世是逢也。今三贤方与天子谋所以施政于天下而阶太平之治,听聪而视明,公正而敦大;夫聪明则听视不惑,公正则不迩谗邪,敦大则有以容而思;彼谗人者,孰敢进而为谗哉?虽进而为之,亦莫之听矣!我何惧而慎?"

❋ 《释言》

韩愈名篇名句赏读

　　既累月,上命李公相,客谓愈曰:"子前被言于一相,今李公又相,子其危哉!"愈曰:"前之谤我于宰相者,翰林不知也;后之谤我于翰林者,宰相不知也。今二公合处而会,言若及愈,必曰:'韩愈亦人耳,彼教宰相,又教翰林,其将何求?必不然!'吾乃今知免矣,既而谗言果不行。

❋ 《释言》

　　夫猫,人畜也,非性于仁义者也,其感于所畜者乎哉!北平王牧民以康,伐罪以平,理阴阳以得其宜。国事既毕,家道乃行,父父子子,兄兄弟弟,雍雍如也,愉愉如也,视外犹视中,一家犹一人。夫如是,其所感应召致,其亦可知矣。《易》曰:"信及豚鱼",非此类也夫?

❋ 《猫相乳》

　　愈时获幸于北平王,客有问王之德者,愈以是对。客曰:"夫禄位贵富,人之所大欲也。得之之难,未若持之之难也。得之于功,或失于德;得之于身,或失于子孙。今夫功德如是,祥祉如是,其善持之也可知已。"

❋ 《猫相乳》

　　《诗》曰:"大邦维翰",《书》曰:"以蕃王室",诸侯之于天子,不惟守土地奉职贡而已,固将有以翰蕃之也。今人有宅于山者,知猛兽之为害,则必高其柴援而外施陷阱以待之;宅于都者,知穿窬之为盗,则必峻其垣墙而内固扃镝以防之。此野人鄙夫之所及,非有过人之智而后能也。今之通都大邑，介然于屈强之间，而不知为之备。噫，亦惑矣！

✻《守戒》

野人鄙夫能之，而王公大人反不能焉，岂材力为有不足欤？盖以为不足为而不为耳！天下之祸，莫大于不足为，材力不足者次之。不足为者，敌至而不知；材力不足者，先事而思，则其于祸也有间矣。彼之屈强者，带甲荷戈不知其多少。其绵地则千里而与我壤地相错，无有丘陵、江河、洞庭、孟门之关，其间又自知其不得与天下齿，朝夕举踵引颈，冀天下之有事，以乘吾之便。此其暴于禽兽、穿窬也甚矣！呜呼，胡知而不为之备乎哉！

✻《守戒》

贲、育之不戒，童子之不抗；鲁鸡之不期，蜀鸡之不支。今夫鹿之于豹非不巍然大矣，然而卒为之禽者；爪牙之材不同，猛怯之资殊也。

✻《守戒》

且五常之教，与天地皆生。然而天下之人不得其师，终不能自知而行之矣。故尧之前千万年，天下之人促促然不知其让之为美也。于是许由哀天下之愚，且以争为能，乃脱屣其九州，高揖而辞尧。由是后之人竦然而言曰："虽天下犹有薄而不售者，况其小者乎？"故让之教行于天下，许由为之师也。

✻《通解》

韩愈名篇名句赏读

自桀之前千万年,天下之人循循然不知忠易其死也。故龙逄哀天下之不仁,睹君父百姓入水火而不救,于是进尽其言,退就割烹。故后之臣竦然而言曰:"虽万死犹有忠而不惧者,况其小者乎?"故忠之教行于天下,由龙逄为之师也。

✻ 《通解》

自周之前千万年,浑浑然不知义之可以换其生也。故伯夷哀天下之偷,且以强则服,食其葛薇,逃山而死。故后人竦然而言曰:"虽饿死犹有义而不惧者,况其小者乎!"故义之教行于天下,由伯夷为之师也。

✻ 《通解》

是三人俱以一身立教,而为师于百千万年间。其身亡而其教存,扶持天地,功亦厚矣。向令三师耻独行,慕通达,则尧之日,必曰得位而济道,安用让为?夏之日,必曰长进而否退,安用死为?周之日,必曰和光而同尘,安用饿为?若然者,天下之人促促然而争,循循然而佞,浑浑然而偷,其何惧而不为哉!是则三师生于今,必谓偏而不通者矣,可不谓之大贤人者哉?呜呼,今之人其慕通达之为弊也!

✻ 《通解》

且古圣人言通者,盖百行众艺备于身而行之者也。今恒人之言通者,盖百行众艺阙于身而求合者也。是则古之言通者,通于道义;今之言通者,通于私曲,其亦异矣!将欲齐之者,其不犹矜粪丸而拟质随珠者

韩愈名篇名句赏读

乎?且令今父兄教其子弟者,曰:"尔当通于行如仲尼"。虽愚者亦知其不能也;曰"尔尚力一行如古之一贤",虽中人亦希其能矣,岂不由圣可慕而不可齐邪?贤可及而可齐也?今之人行未能及乎贤而欲齐乎圣者,亦见其病矣!

❋ 《通解》

夫古人之进修,或几乎圣人。今之人行不出乎中行,而耻乎力一行为独行,且曰:"我通同如圣人",彼其欺心邪?吾不知矣!彼其欺人而贼名邪?吾不知矣!余惧其说之将深,为《通解》。

❋ 《通解》

碑

韩愈名篇名句赏读

自天子至郡邑守长,通得祀而遍天下者,惟社稷与孔子为然。而社祭土、稷祭谷,句龙与弃乃其佐享,非其专主,又其位所不屋而坛,岂如孔子用王者事,巍然当座,以门人为配,自天子而下,北面跪祭,进退诚敬,礼如亲弟子者。句龙、弃以功,孔子以德,固自有次第哉!自古多有以功德得其位者,不得常祀;句龙、弃、孔子皆不得位而得常祀,然其祀事皆不如孔子之盛。所谓生人以来未有如孔子者。其贤过于尧舜远矣,此其效与!

❀ 《处州孔子庙碑》

惟此庙学,邺侯所作。厥初庳下,神不以宇。生师所处,亦窘寒暑。乃新斯宫,神降其献。讲读有常,不诚用劝。揭揭元哲,有师之尊。群圣严严,大法以存。像图孔肖,咸在斯堂。以瞻以仪,俾不惑忘。后之君子,无废成美。琢词碑石,以赞攸始。

❀ 《处州孔子庙碑》

海于天地间为物最巨,自三代圣王莫不祀事。考于传记,而南海神次最贵,在北东西三神河伯之上,号为祝融。天宝中,天子以为古爵莫贵于公侯,故海岳之祝、牺币之数,放而依之,所以致崇极于大神。今王亦爵也,而礼海岳尚循公侯之事,虚王仪而不用,非致崇极之意也。由是册尊南海神为广利王,祝号祭式,与次具升。因其故庙,易而新之,在今广州治之东南,海道八十里,扶胥之口,黄木之湾,常以立夏气至,命广州刺

韩愈名篇名句赏读

史行事祠下,事讫驿闻。

❈ 《南海神庙碑》

其来已久,故明宫斋庐,上雨旁风,无所盖障。牲酒瘠酸,取具临时,水陆之品,狼藉笾豆,荐祼兴俯,不中仪式。吏滋不供,神不顾享。言风怪雨,发作无节,人蒙其害。

❈ 《南海神庙碑》

南海阴墟,祝融之宅。即祀于旁,帝命南伯。吏惰不躬,正自今公。明用享锡,右我家邦。惟明天子,惟慎厥使。我公在官,神人致喜。海岭之陬,既足既濡。胡不均弘,俾执事枢?公行勿迟,公无遽归。匪我私公,神人具依。

❈ 《南海神庙碑》

呜呼远哉!维世传德,袭训集余,乃今有济。今祭既不荐金石音声,使工歌诗载烈象容,其奚以饬稚昧于长久?惟敬系羊豕幸有石,如具著先人名迹,因为诗系之语下,于义其可。

❈ 《袁氏先庙碑》

其语曰:周树舜后陈,陈公子有为大夫食国之地袁乡者,其子孙世守不失,因自别为袁氏。春秋世陈常压于楚,与中国相加尤疏,袁氏犹班班见,可谱。常居阳夏。阳夏至晋属陈郡,故号陈郡袁。袁氏博士固,申儒遏黄,唱业于前。至司徒安,怀德于身,袁氏遂大显,连世有人。终汉连

魏晋，分仕南北。始居华阴，为拓拔魏鸿胪。鸿胪讳恭，生周梁州刺史新县孝侯讳颖。孝侯生隋左卫大将军讳温，去官居华阴，武德九年以大耋薨，始葬华州。左卫生南州刺史讳士政。南州生当阳令讳伦，于公为曾祖。当阳生朝散大夫石州司马讳知玄。司马生赠工部尚书咸宁令讳晔，是为皇考。袁氏旧族，而当阳以通经为儒，位止县令。石州用春秋持身治事，为州司马以终。咸宁备学而贯以一，文武随用，谋行功从，出入有立，不爵于朝；比三世宜达而窒，归成后人，数当于公。公惟曾大父、大父、皇考比三世存不大夫食，殁祭在子孙。惟将相能致备物。世称远，礼则益不及。在慎德行业治，图功载名，以待上可。无细大，无敢不敬畏。无早夜，无敢不思。成于家，进于外，以立于朝。自侍御史历工部员外郎、祠部郎中、谏议大夫、尚书右丞、华州刺史、金吾大将军，由卑而巨，莫不官称。遂为宰相，以赞辩章。仍持节将蜀滑襄荆；略苞河山，秩登禄富，以有庙祀，具如其志。又垂显刻，以教无忘，可谓大孝。

❋ 《袁氏先庙碑》

袁自陈分，初尚骞连。越秦造汉，博士发论。司徒任德，忍不锢人，收功厥后，五公重尊。晋氏于南，来处华下。鸿胪孝侯，用适操舍。南州勤治，取最不懈。当阳耽经，惟义之畏。石州烈烈，学专《春秋》。懿哉咸宁，不名一休。趋难避成，与时泛浮。是生孝子，天子之宰。出把将符，群州承楷。数以立庙，禄以备器。由曾及考，同堂异置。柏版松楹，其筵

韩愈名篇名句赏读

肆肆。维袁之庙,孝孙之为。顺势即宜,以诹以龟。以平其巇,屋墙持持。孝孙来享,来拜庙庭。陟堂进室,亲登笾铏。肩臑胁骼,其樽玄清。降登受胙,于庆尔成。维曾维祖,维考之施。于汝孝嗣,以报以祗。凡我有今,非本曷思。刻诗牲系,维以告之。

❋ 《袁氏先庙碑》

荔子丹兮蕉黄,杂肴蔬兮进侯堂。侯之船兮两旗,度中流兮风泊之,待侯不来兮不知我悲。侯乘驹兮入庙,尉我民兮不嚬以笑。鹅之山兮柳之水,桂树团团兮白石齿齿。侯朝出游兮暮来归,春与猿吟兮秋鹤与飞。北方之人兮为侯是非,千秋万岁兮侯无我违。福我兮寿我,驱厉鬼兮山之左。下无苦湿兮高无干,秔稌克羡兮蛇蛟结蟠。我民报事兮无怠其始,自今兮钦于世世。

❋ 《柳州罗池庙碑》

公之为司马,用宽廉平正得吏士心。及升大帅,持是道不变。部将有因贵人求要职者,公不用,用老而有功无势而远者。削四邻之交贿,省垮嬉之大燕,校讲民事,施罢不俟日;用能以十月成政,氓征就宽,军给以饶。十七年,疾废朝夕,八月庚戌薨,享年六十一。天子为之不能临朝者三日,赠尚书右仆射。即以其年十一月辛卯葬索上。疾比薨,医问交道。比葬,吊赠赐使者相及。凡河东军之士,与太原之氓吏,及旁九郡百邑之鳏寡,外夷狄之统于府者,闻公之薨,皆哭曰:"吾其如何!"

❋ 《荥阳郑公神道碑》

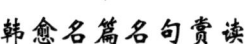

韩愈名篇名句赏读

公与宾客朋游饮酒，必极醉。投壶博弈，穷日夜，若乐而不厌者。平居帘阁，据几终日，不知有人，别自号"白云翁"。名人魁士鲜不与善，好乐后进，及门接引，皆有恩意。

✲ 《荥阳郑公神道碑》

墓志銘

韩愈名篇名句赏读

公既孤,以甥孙从太师鲁公真卿学,太师爱之。举明经第,选授峡州远安令,以让其庶兄。入紫阁山,事从父熊通。五经登科,历校书郎、咸阳尉,佐邠宁军。自监察御史为殿中侍御史,征拜太子舍人,益有名,迁起居郎。吴少诚袭许州,拜河阳行军司马,未行,少诚死,改驾部员外郎。新罗国君死,公以司封郎中兼御史中丞,紫衣金鱼往吊,立其嗣。故事,使外国者,常赐州县官十员,使以名上,以便其私,号"私觌官"。公将行,曰:"吾天子吏,使海外国,不足于资,宜上请,安有卖官以受钱邪?"即具疏所以。上以为贤,命有司与其费。至郓州,会新罗告所当立君死,还拜容州刺史、容管经略招讨使。始城容州,周十三里,置屯田二十四所,化大行,诏加太中大夫。顺宗嗣位,拜河南少尹,行未至,拜郑滑行军司马。始至襄阳,诏拜谏议大夫。既至,日言事,不阿权臣,謇然有直名,遂号为才臣。

❋ 《唐故江西观察使韦公墓志铭》

卒有违令当死者,公不果于诛,杖而遣之去。上书告公所为不法若干条,朝廷方勇于治,且以为公名才能臣,治功闻天下,不辨则受垢,诏罢官留江西待辨。使未至月馀,公以疾薨。使至,辨凡卒所告事若干条,皆无丝毫实,诏答卒百,流岭南,公能益明。春秋五十八,薨于元和五年八月六日。

❋ 《唐故江西观察使韦公墓志铭》

韩愈名篇名句赏读

遂逾岭陀,南出,药贵,不可得。以干容帅,帅且曰:"若能从事于我,可一日具。"许之,得药,试如方,不效,曰:"方良是,我治之未至耳。"留三年,药终不能为黄金,而佐帅政成。以功再迁监察御史。帅迁于桂,从之。帅坐事免,君摄其治,历三时,夷人称便。新帅将奏功,君舍去。南海马大夫使谓君曰:"幸尚可成,两济其利。"君虽益厌,然不能五万一冀。至南海,未几,竟死,年五十三。子曰某。元和十年十二月某日,葬河南某县某乡某村,附先茔。于时中行为尚书兵部郎,号名人,而与余善,请铭。铭曰:嗟惟君,笃所信。要无有,弊精神。以弃馀,贾于人。脱外累,自贵珍。讯来世,述墓文。

❋ 《唐故监察御史卫府君墓志铭》

生之艰,成之又艰。若有以为,而止于斯。

❋ 《集贤院校理石君墓志铭》

公举贤良,拜同官尉。仆射南阳公开府徐州,召公主书记,二迁至侍御吏,入朝历殿中侍御史,累迁至刑部郎中。疾病,改河南少尹。舆至官,若干日卒,实元和三年四月二十三日,享年五十。夫人博陵崔氏,少府监颎之女。男三人,璟、质皆既冠,其季始六岁,曰充郎。卜葬,得公卒之四月壬寅,遂以其日葬东都芒山之阴杜翟村。

❋ 《河南少尹裴君墓志铭》

公幼有文,年十四上《时雨诗》,代宗以为能,将召入为翰林学士。尚

书公请免曰:"愿使卒学。"丁后母丧,上使临吊,又诏尚书公曰:"父忠而子果孝,吾加赐以厉天下。终丧,必且以为翰林。"其在徐州府,能勤而有劳,在朝,以恭俭守其职。居丧必有闻。待诸弟友以善,教馆幽妹,畜孤甥,能别而有恩。历十一官而无宅于都,无田于野,无遗资以为葬,斯其可铭也已!

❋ 《河南少尹裴君墓志铭》

铭曰:裴为显姓,入唐尤盛。支分族离,各为大家。惟公之系,德隆位细。曰子曰孙,厥声世继。晋阳之色,愉愉翼翼。无外无私,幼壮若一。何寿之不遐,而禄之不多!谓必有后,其又信然耶!

❋ 《河南少尹裴君墓志铭》

大历初,御史大夫李栖筠由工部侍郎为浙西观察使。当是时,中国新去乱,士多避处江淮间,尝为显官得名声,以老故自任者以千百数,大夫莫之取,独晨衣朝服,从骑吏,入下里舍请卢君。君时始任戴冠,通《诗》《书》,与其群日讲说周公孔子以相磨砻浸灌,婆娑嬉游,未有舍所为为人意。既起从大夫,天下未知君者,惟奇大夫之取人也不常,必得人;其知君者,谓君之从人也非其常守,必得其从。其后为太常博士、监察御史、河南府司录、考功员外郎。年若干而终,在官举其职。

❋ 《考功员外卢君墓铭》

夫人李姓,陇西人。君在,配君子无违德。君没,训子女得母道

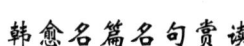

甚。后君二十年,年六十六而终。将合葬,其子畅命其孙立曰:"乃祖德烈靡不闻,然其详而信者,宜莫若吾先人之友。先人之友无在者,起居丈有李曰愈,能为古文,业其家,是必能道吾父事业。汝其往请铭焉。"立于是奉其父命奔走来告。愈谓立曰:"子来宜也。行不可一二举,且吾之生也后,不与而祖接,不得详也。其大者莫若众所与,观所与众寡,兹可以审其德矣。乃祖未出而处也,天下大夫士以为与古之夔皋者侔,且可以为相,其德不既大矣乎!讲说周公孔子,乐其道,不乐从事于俗,得所从,不择外内奋而起,其进退不既合于义乎!铭如是,可以示于今与后也软!"立拜手曰:"惟惟。"

❊ 《考功员外卢君墓铭》

昭义节度卢从史有贤佐曰孔君,讳戡,字君胜。从史为不法,君阴争,不从,则于会肆言以折之。从史羞,面颈发赤,抑首伏气,不敢出一语以对,立为君更令改章辞者前后累数十。坐则与从史说古今君臣父子道,顺则受成福,逆辄危辱诛死,曰:"公当为彼,不当为此。"从史常耸听喘汗。居五六岁,益骄,有悖语,君争,无改悔色,则悉引从事空一府往争之。从史虽羞,退益甚。君泣语其徒曰:"吾所为止于是,不能以有加矣!"遂以疾辞去,卧东都之城东,酒食伎乐之燕不与。当是时,天下以为贤,论士之宜在天子左右者,皆曰"孔君、孔君"云。

❊ 《孔司勋墓志铭》

韩愈名篇名句赏读

会宰相李公镇扬州,首奏起君,君犹卧不应。从史读诏,曰:"是故舍我而从人耶!"即诬奏君前在军有某事。上曰:"吾知之矣。"奏三上,乃除君卫尉丞,分司东都。诏始下,门下给事中吕元膺封还诏书,上使谓吕君曰:"吾岂不知戡也,行用之矣。"明年,元和五年正月,将浴临汝之汤泉。壬子,至其县食,遂卒,年五十七。公卿大夫士相吊于朝,处士相吊于家。君卒之九十六日,诏缚从史送阙下,数以违命,流于日南。遂诏赠君尚书司勋员外郎,盖用尝欲以命君者信其志。其年八月甲申,从葬河南河阴之广武原。

❀ 《孔司勋墓志铭》

君于为义若嗜欲,勇不顾前后。于利与禄,则畏避退处如怯夫然。始举进士第,自金吾卫录事为大理评事,佐昭义军。军帅死,从史自其军诸将代为帅,请君曰:"从史起此军行伍中。凡在幕府,惟公五分寸之私。公苟留,惟公之所欲为。"君不得已,留一岁,再奏自监察御史至殿中侍御史。从史初听用其言,得不败。后不听信,恶益闻,君弃去,遂败。

❀ 《孔司勋墓志铭》

李观字元宾,其先陇西人也。始来自江之东,年二十四举进士,三年登上第,又举博学宏词,得太子校书一年,年二十九,客死于京师。既敛之三日,友人博陵崔弘礼葬之于国东门之外七里,乡曰庆义,原曰嵩原。

❀ 《李元宾墓铭》

韩愈名篇名句赏读

友人韩愈书石以志之,辞曰:已虖元宾!寿也者吾不知其所慕,夭也者吾不知其所恶。生而不淑,孰谓其寿?死而不朽,孰谓之夭?已虖元宾!才高乎当世,而行出乎古人。已虖元宾!竟何为哉,竟何为哉!

❋ 《李元宾墓铭》

君讳适,姓王氏。好读书,怀奇负气,不肯随人后举选。见功业有道路可指取有,名节可以戾契致,困于无资地,不能自出,乃以干诸公贵人,借助声势。诸公贵人既志得,皆乐熟软媚耳目者,不喜闻生语,一见辄戒门以绝。上初即位,以四科募天下士。君笑曰:"此非吾时邪!"即提所作书,缘道歌吟,趋直言试。既至,对语惊人,不中第,益困。

❋ 《试大理评事王君墓志铭》

久之,闻金吾李将军年少喜士,可撼。乃蹋门告曰:"天下奇男子王适愿见将军白事。"一见语合意,往来门下。卢从史既节度昭义军,张甚,奴视法度士,欲闻无顾忌大语,有以君生平告者,即遣客勾致。君曰:"狂子不足以共事。"立谢客。李将军由是待益厚,奏为其卫胄曹参军,充引驾仗判官,尽用其言。将军迁帅凤翔,君随往。改试大理评事,摄监察御史观察判官。栉垢爬痒,民获苏醒。

❋ 《试大理评事王君墓志铭》

始余初冠,应进士贡在京师,穷不自存。以故人稚弟,拜北平王于马前。王问而怜之,因得见于安邑里第。王轸其寒饥,赐食与衣,召二子使为之主。其季遇我特厚,少府监赠太子少傅者也。姆抱幼子立侧,眉眼如画,发漆黑,肌肉玉雪可念,殿中君也。当是时,见王于北亭,犹高山深林巨谷,龙虎变化不测,杰魁人也。退见少傅,翠竹碧梧,鸾鹄停峙,能守其业者也。幼子娟好静秀,瑶环瑜珥,兰茁其芽,称其家儿也。

※ 《殿中少监马君墓志铭》

呜呼,吾未耄老,自始至今未四十年,而哭其祖子孙三世,于人世何如也!人欲久不死而观居此世者何也!

※ 《殿中少监马君墓志铭》

殿中侍御史李君名虚中,字常容。其十一世祖冲,贵显拓拔世。父悍,河南温县尉。娶陈留太守薛江童女,生六子。君最后生,爱于其父母。年少长,喜学,学无所不通,最深于五行书,以人之始生年月日所直日辰支干相生胜衰死王相,斟酌推人寿夭贵贱利不利。辄先处其年时,百不失一二。其说汪洋奥美,关节开解,万端千绪,参错百出。学者就传其法,初若可取,卒然失之。星官历翁莫能与其校得失。

※ 《殿中侍御史李君墓志铭》

进士及第,试书判入等,补秘书正字。母丧去官,卒丧,选补太子校书。河南尹奏疏授伊阙尉,佐水陆运事。故宰相郑公余庆继尹河南,以公为运佐如初。宰相武公元衡之出剑南,奏夺为观察推官,授监察御史。未几,御史台疏言行能高,不宜用外府,即诏为真御史。半岁,分部东都

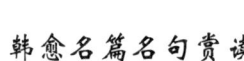
韩愈名篇名句赏读

台,迁殿中侍御史。元和八年四月,诏征,既至,宰相欲白以为起居舍人。经一月,疽发背,六月乙酉卒,年五十二。其年十月戊申,葬河南洛阳县,距其祖渑池令府君侨墓十里。

✼ 《殿中侍御史李君墓志铭》

君昆弟六人,先君而殁者四人。其一人尝为郑之荥泽尉,信道士长生不死之说,既去官,绝不营人事。故四门之寡妻孤孩,与荥泽之妻子,衣食百须,皆由君出。自初为伊阙尉,佐河南水陆运使,换两使,经七年不去,所以为供给教养者。及由蜀来,辈类御史皆乐在朝廷进取,君独念寡稚,求分司东出。呜呼,其仁哉!

✼ 《殿中侍御史李君墓志铭》

君亦好道士说,于蜀得秘方,能以水银为黄金,服之冀果不死。将疾,谓其友卫中行大受、韩愈退之曰:"吾梦大山裂,流出赤黄物如金。左人曰,是所谓大还者,今三矣。"君既殁,愈追占其梦曰:"山者艮,艮为背,裂而流赤黄,疽象也。大还者,大归也。其告之矣。"

✼ 《殿中侍御史李君墓志铭》

初,于以进士为鄂岳从事,遇方士柳泌,从受药法,服之,往往下血。比四年,病益急,乃死。其法:以铅满一鼎,按中为空,实以水银,盖封四际,烧为丹砂云。

✼ 《太学博士李君墓志铭》

余不知服食说自何世起,杀人不可计,而世慕尚之益至,此其惑也!在文书所记及耳闻相传者不说,今直取目见亲与之游而以药败者六七公,以为世诫。

❋ 《太学博士李君墓志铭》

工部尚书归登、殿中御史李虚中、刑部尚书李逊、逊弟刑部侍郎建、襄阳节度使工部尚书孟简、东川节度御史大夫卢坦、金吾将军李道古,此其人皆有名位,世所共识。工部既食水银得病,自说:若有烧铁杖自颠贯其下者,摧而为火,射节窍以出,狂痛号呼乞绝。其茵席常得水银,发且止,唾血十数年以毙。殿中疽发其背死。刑部且死,谓余曰:"我为药误。"其季建,一旦无病死。襄阳黜为吉州司马,余自袁州还京师。襄阳乘舸邀我于萧洲,屏人曰:"我得秘药,不可独不死,今遗子一器,可用枣肉为丸服之。"别一年而病,其家人至,讯之,曰:"前所服药误。方且下之,下则平矣。"病二岁竟卒。卢大夫死时,溺出血肉,痛不可忍,乞死,乃死。金吾以柳泌得罪,食泌药,五十死海上。此可以为诫者也。蕲不死,乃速得死,谓之智,可不可也?

❋ 《太学博士李君墓志铭》

五谷三牲,盐醯果蔬,人所常御。人相厚勉,必曰:"强食。"今惑者皆曰:"五谷令人夭,不能无食,当务减节。"盐醯以济百味,豚、鱼、鸡三者,古以养老,反曰:"是皆杀人,不可食。"一筵之馔,禁忌十常不食二三。不

韩愈名篇名句赏读

信常道,而务鬼怪,临死乃悔。后之好者,又曰:"彼死者皆不得其道也,我则不然。"始病,曰:"药动故病,病去药行,乃不死矣。"及且死,又悔。呜呼!可哀也已,可哀也已!

❋ 《太学博士李君墓志铭》

君少气高,为文有气力,务出于奇,以不同俗为主。始举进士,不与先辈揖。作《胡马》及《圆丘》诗,京师人未见其书,皆口相传以熟。及擢第,补家令主簿,佐凤翔军。军帅武人,君为作书奏,读不识句,传一幕以为笑,不为变。后九月九日大会射,设标的,高出百数十尺,令曰:中,酬锦与金若干。一军尽射,莫能中。君执弓,腰二矢,指一矢以兴,揖其帅曰:"请以为公欢。"遂适射所,一座皆起,随之。射三发,连三中,的坏不可复射。中,辄一军大呼以笑,连三大呼笑,帅益不喜,即自免去。后佐河阳军,任事去害兴利,功为多。拜协律郎,益弃奇,与人为同。今天子修太学官,有公卿言,诏拜国子助教,分教东都生。

❋ 《国子助教河东薛君墓志铭》

铭曰:宦不遂,归讯于时。身不得年,又将尤谁?世再绝而绍,祭以不隳。

❋ 《国子助教河东薛君墓志铭》

尚书于大历初名能为诗文。及公为文,亦最长于诗。孝谨厚重,举进士登第。佐六府五公,八迁至检校虞部郎中。元和五年,真拜尚书虞

部郎中,转洛阳令,都官郎中、泽州刺史,以至司业。年七十四,长庆二年二月丙寅,以疾卒。其年八月某日,葬河南偃师先公尚书之兆次。

❋ 《国子司业窦公墓志铭》

初,公善事继母,家居未出,学问于江东,尚幼也。名声词章行于京师,人迟其至。及公就进士,且试,其辈皆曰:"莫先窦生"。于时,公舅袁高为给事中,方有重名,爱且贤公;然实未尝以干有司。公一举成名而东,遇其党必曰:"非我之才,维吾舅之私。"

❋ 《国子司业窦公墓志铭》

其佐昭义军也,遇其将死,公权代领以定其危。后将卢从史重公不遣,奏进官职。公视从史益骄不逊,伪疾经年,舁归东都。从史卒败死,公不以觉微避去为贤告人。

❋ 《国子司业窦公墓志铭》

公始佐崔大夫纵留守东都,后佐留守司徒余庆,历六府五公,文武细粗不同,自始及终,于公无所悔望有彼此言者。六府从事几且百人,有愿奸易险贤不肖不同,公一接以和与信,卒莫与公有怨嫌者。其为郎官令守,慎法宽惠不刻。教诲于国学也,严以有礼,扶善遏过,益明上下之分,以躬先之,恂恂恺悌,得师之道。

❋ 《国子司业窦公墓志铭》

其铭曰:后缗窦逃闵腹子,夏以再家窦为氏。圣愕旋河犊引比,相婴

韩愈名篇名句赏读

拨汉纳孔轨。后去观津,而家平陵,遥遥厥绪,夫子是承。我敬其人,我怀其德,作诗孔哀,质于幽刻。

❋ 《国子司业窦公墓志铭》

吾曰:阴阳星历,近世儒莫学,独行简以其力馀学,能名一世。舍而从事于人,以材称。葬其父母,乞铭以图长存:是真能子矣,可铭也。遂以铭。

❋ 《襄阳卢丞墓志铭》

君方质有气,形貌魁硕,长于文词。以进士举博学宏词,为校书郎。自京兆武功尉拜监察御史,为幸臣所谗,与同辈韩愈、李方叔三人俱为县令南方。二年,逢恩俱徙掾江陵。半岁,邕管奏君为判官,改殿中侍御史,不行。

❋ 《河南令张君墓志铭》

拜京兆府司录。诸曹白事,不敢平面视。共食公堂,抑首促促就哺歠,揖起趋去,无敢闲语。县令丞尉畏如严京兆,事以办治。京兆改凤翔尹,以节镇京西,请与君俱。改礼部员外郎,为观察使判官。帅它迁,君不乐久去京师,谢归,用前能拜三原令。岁馀,迁尚书刑部员外郎。守法争议,棘棘不阿。

❋ 《河南令张君墓志铭》

改虔州刺史。民俗相朋党,不诉杀牛,牛以大耗。又多捕生鸟雀鱼

鳖,可食与不可食相买卖,时节脱放期为福祥。君视事,一皆禁督立绝。使通经吏与诸生之旁大郡,学乡饮酒丧婚礼,张施讲说,民吏观听从化,大喜。度支符州,折民户租,岁征绵六千屯。比郡承命惶怖,立期日,惟恐不及事被罪。君独疏言:"治迫岭下,民不识蚕桑"。月馀,免符下,民相扶携,守州门叫欢为贺。

❉ 《河南令张君墓志铭》

公卿欲其一至京师,君以再不得意于守令,恨曰:"义不可更辱,又奚为于京师间。"竟闭门死,年六十。君娶河东柳氏女。二子:升奴、胡师。将以某年某月某日葬某所。

其兄将作少监昔请铭于右庶子韩愈。愈前与君为御史被谗,俱为县令南方者也,最为知君。

❉ 《河南令张君墓志铭》

铭曰:谁之不如,而不公卿!奚养之违,以不久生。惟其颉颃,以世厥声。

❉ 《河南令张君墓志铭》

君能为诗,自少至老诗可录传者,在纸凡千馀篇。无书不读,然止用以资为诗。与谏议大夫孟简、协律孟郊、监察御史冯宿好,期相推挽,卒以病不能为官。在登封尽写所为诗抵故宰相东都留守郑公余庆。留守数以帛米周其家,书荐宰相,宰相不能用,竟饥寒死登封。将死,自为书告留守与河南尹,乞葬已。又为诗与常所来往河南令韩愈,曰:"为我具棺。"留守、尹为具凡葬事,韩愈与买棺,又为作铭。十一月某日葬嵩下郑夫人墓中。

❋ 《登封县尉卢殷墓志铭》

子厚少精敏,无不通达。逮其父时,虽少年,已自成人。能取进士第,崭然见头角,众谓柳氏有子矣。其后以博学宏词授集贤殿正字,俊杰廉悍,议论证据今古,出入经、史、百子,踔厉风发,率常屈其座人。名声大振,一时皆慕与之交。诸公要人争欲令出我门下,交口荐誉之。

❋ 《柳子厚墓志铭》

贞元十九年,由蓝田尉拜监察御史。顺宗即位,拜礼部员外郎。遇用事者得罪,例出为刺史,未至,又例贬永州司马。居闲,益自刻苦,务记览,为词章,泛滥停蓄,为深博无涯涘,而自肆于山水间。元和中,尝例召至京师,又偕出为刺史,而子厚得柳州。既至,叹曰:"是岂不足为政耶!"因其土俗,为设教禁,州人顺赖。其俗以男女质钱,约:不时赎,子本相侔,则没为奴婢。子厚与设方计,悉令赎归。其尤贫,力不能者,令书其佣,足相当,则使归其质。观察使下其法于他州,比一岁,免而归者且千人。衡湘以南为进士者,皆以子厚为师,其经承子厚口讲指画为文词者,悉有法度可观。

❋ 《柳子厚墓志铭》

子厚前时少年，勇于为人，不自贵重顾藉，谓功业可立就，故坐废退。既退，又无相知有气力得位者推挽，故卒死于穷裔，材不为世用，道不行于时也。使子厚在台省时，自持其身已能如司马、刺史时，亦自不斥。斥时有人力能举之，且必复用不穷。然子厚斥不久，穷不极，虽有出于人，其文学词章必不能自力，以致必传于后如今，无疑也。虽使子厚得所愿，为将相于一时，以彼易此，孰得孰失？必有能辨之者。

✻ 《柳子厚墓志铭》

子厚以元和十四年十一月八日卒，年四十七。以十五年七月十日归葬万年先人墓侧。子厚有子男二人：长曰周六，始四岁；季曰周七，子厚卒乃生。女子二人，皆幼。其得归葬也，费皆出观察使河东裴君行立。行立有节概，重然诺，与子厚结交，子厚亦为之尽，竟赖其力。葬子厚于万年之墓者，舅弟卢遵。遵，涿人，性谨顺，学问不厌。自子厚之斥，遵从而家焉，逮其死不去。既往葬子厚，又将经纪其家，庶几有始终者。

✻ 《柳子厚墓志铭》

铭曰：是惟子厚之室，既固既安，以利其嗣人。

✻ 《柳子厚墓志铭》

樊绍述既卒，且葬，愈将铭之。从其家求书，得书号《魁纪公》者三十卷，曰《樊子》者又三十卷，《春秋集传》十五卷，表、笺、状、策、书、序、传、记、纪、志、说、论、今文、赞、铭，凡二百九十一篇，道路所遇及器物门里杂

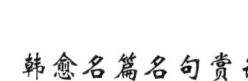

铭二百二十,赋十,诗七百一十九。曰:"多矣哉!未尝有也。然而必出于己,不袭蹈前人一言一句,又何其难也!必出入仁义,其富若生蓄万物,必具海含地负、放恣横从,无所统纪,然而不烦于绳削而自合也。呜呼!绍述于斯术其可谓至于斯极者矣。

✱ 《南阳樊绍述墓志铭》

生而其家贵富,长而不有其藏一钱,妻子告不足,顾且笑曰:"我道盖是也。"皆应曰:然。无不意满。尝以金部郎中告哀南方,还言某师不治,罢之,以此出为绵州刺史。一年,征拜左司郎中,又出刺绛州。绛绛之人至今皆曰:"于我有德。"以为谏议大夫,命且下,遂病以卒。年若干。

✱ 《南阳樊绍述墓志铭》

绍述无所不学,于辞于声天得也,在众若无能者。尝与观乐,问曰:"何如?"曰:"后当然"。已而果然。铭曰:惟古于词必己出,降而不能乃剽贼,后皆指前公相袭,从汉迄今用一律。寥寥久哉莫觉属,神徂圣伏道绝塞。既极乃通发绍述,文从字顺各识职。有欲求之此其躅。

✱ 《南阳樊绍述墓志铭》

先生讳郊,字东野。父庭玢,娶裴氏女,而选为昆山尉,生先生及二季酆、郢而卒。先生生六七年,端序则见,长而愈骞,涵而揉之,内外完好,色夷气清,可畏而亲。及其为诗,刿目钵心,刃迎缕解,钩章棘句,掐擢胃肾,神施鬼没,间见层出。唯其大玩于词,而与世抹杀,人皆劫劫,我独有馀。有以后时开先生者,曰:"吾既挤而与之矣,其犹足存邪!"

❉ 《贞曜先生墓志铭》

年几五十,始以尊夫人之命来集京师,从进士试。既得即去。间四年,又命来,选为溧阳尉,迎侍溧上。去尉二年,而故相郑公尹河南,奏为水陆转运从事,试协律郎,亲拜其母于门内。母卒五年,而郑公以节领兴元军,奏为其军参谋,试大理评事,挈其妻行,之兴元,次于阌乡,暴病卒,年六十四。买棺以敛,以二人舆归。鄪、郢皆在江南。十月庚申,樊子合凡赠赙而葬之洛阳东其先人墓左,以馀财附其家而供祀。

❉ 《贞曜先生墓志铭》

将葬,张籍曰:"先生揭德振华,于古有光。贤者故事有易名,况士哉!如曰贞曜先生,则姓名字行有载,不待讲说而明。"皆曰:"然。"遂用之。

❉ 《贞曜先生墓志铭》

初,先生所与俱学同姓简,于世次为叔父,由给事中观察浙东,曰:"生吾不能举,死吾知恤其家。"铭曰:於戏贞曜!维执不猗,维出不訾,维卒不施,以昌其诗。

❉ 《贞曜先生墓志铭》

哀辞祭文行状

韩愈名篇名句赏读

众万之生,谁非天耶?明昭昏蒙,谁使然耶?行何为而怒,居何故而怜耶?胡喜厚其所可薄,而恒不足于贤耶?将下民之好恶与彼苍悬耶,抑苍茫无端而暂寓其间耶?死者无知,吾为子恸而已矣!如有知也,子其自知之矣!

❈ 《独孤申叔哀辞》

濯濯其英,晔晔其光。如闻其声,如见其容。乌呼远矣,何日而忘!

❈ 《独孤申叔哀辞》

求仕与友兮,远违其乡。父母之命兮,子奉以行。友则既获兮,禄实不丰。以志为养兮,何有牛羊。事实既修兮,名誉又光。父母忻忻兮,常若在旁。命虽云短兮,其存者长。终要必死兮,愿不永伤。

❈ 《欧阳生哀辞》

友朋亲视兮,药物甚良。饮食孔时兮,所欲无妨。寿命不齐兮,人道之常。在侧与远兮,非有不同。山川阻深兮,魂魄流行。祀祭则及兮,勿谓不通。哭泣无益兮,抑哀自强。推生知死兮,以慰孝诚。呜呼哀哉兮,是亦难忘。

❈ 《欧阳生哀辞》

愈性不喜书。自为此文,惟自书两通:其一通遗清河崔群,群与余皆欧阳生友也。哀生之不得位而死,哭之过时而悲。其一通今书以遗彭城刘君伉。君喜古文,以吾所为合于古,诣吾庐而来请者八九至,而其色不

韩愈名篇名句赏读

怨,志益坚。

❋ 《欧阳生哀辞》

凡愈之为此文,盖欧阳生之不显荣于前,又惧其泯灭于后也。今刘君之请,未必知欧阳生,其志在古文耳。虽然,愈之为古文,岂独取其句读不类于今者耶!思古人而不得见,学古道,则欲兼通其辞,通其辞者,本志乎古道者也。古之道不苟誉毁于人,刘君好其辞,则其知欧阳生也无惑焉。

❋ 《欧阳生哀辞》

事有旷百世而相感者,余不自知其何心。非今世之所稀,孰为使余欷歔而不可禁?余既博观乎天下,曷有庶几乎夫子之所为?死者不复生,嗟余去此其从谁?当秦氏之败乱,得一士而可王,何五百人之扰扰,而不能脱夫子于剑铓?抑所宝之非贤,亦天命之有常?昔阙里之多士,孔圣亦云其遑遑。苟余行之不迷,虽颠沛其何伤?自古死者非一,夫子至今有耿光。跽陈辞而荐酒,魂仿佛而来享。

❋ 《祭田横墓文》

刺史受天子命,守此土,治此民,而鳄鱼睅然不安溪潭据处,食民畜熊豕鹿獐,以肥其身,以种其子孙,与刺史亢拒,争为长雄。刺史虽驽弱,亦安肯为鳄鱼低首下心,伈伈睍睍,为民吏羞,以偷活于此耶!且承天子命以来为吏,固其势不得不与鳄鱼辩,鳄鱼有知,其听刺史言:潮之州,大

海在其南。鲸鹏之大,虾蟹之细,无不容归,以生以食,鳄鱼朝发而夕至也。今与鳄鱼约:尽三日,其率丑类南徙于海,以避天子之命吏。三日不能至五日,五日不能至七日,七日不能,是终不肯徙也,是不有刺史,听从其言也;不然,则是鳄鱼冥顽不灵,刺史虽有言,不闻不知也。夫傲天子之命吏,不听其言,不徙以避之,与冥顽不灵而为民物害者,皆可杀。刺史则选材技吏民,操强弓毒矢,以与鳄鱼从事,必尽杀乃止。其无悔!

✼ 《祭鳄鱼文》

昔先王既有天下,列山泽,罔绳擉刃,以除虫蛇恶物为民害者,驱而出之四海之外。及后王德薄,不能远有,则江汉之间,尚皆弃之以与蛮夷楚越,况潮岭海之间,去京师万里哉?鳄鱼之涵淹卵育于此,亦固其所。今天子嗣唐位,神圣慈武,四海之外,六合之内,皆抚而有之,况禹迹所揜,扬州之近地,刺史县令之所治,出贡赋以供天地宗庙百神之祀之壤者哉?鳄鱼其不可与刺史杂处此土也!

✼ 《祭鳄鱼文》

嗟嗟子厚,而至然耶!自古莫不然,我又何嗟?人生之世,如梦一觉。其间利害,竟亦何校?当其梦时,有乐有悲。及其既觉,岂足追惟?

✼ 《祭柳子厚文》

凡物之生,不愿为材。牺樽青黄,乃木之灾。子之中弃,天脱疻羁。玉佩琼琚,大放厥辞。富贵无能,磨灭谁纪?子之自著,表表愈伟。不善为斫,血指汗颜。巧匠旁观,缩手袖间。子之文章,而不用世。乃令吾徒,掌帝之制。子之视人,自以无前。一斥不复,群飞刺天。

❈ 《祭柳子厚文》

嗟嗟子厚,今也则亡。临绝之音,一何琅琅!遍告诸友,以寄厥子。不鄙谓余,亦托以死。凡今之交,观势厚薄。余岂可保,谁承子托?非我知子,子实命我。犹有鬼神,宁敢遗堕?念子永归,无复来期。设祭棺前,矢心以辞。呜呼哀哉,尚飨!

❈ 《祭柳子厚文》

去年孟东野往,吾书与汝:"吾年未四十,而视茫茫,而发苍苍,而齿牙动摇。念诸父与诸兄,皆康强而早世,如吾之衰者,其能久存乎?吾不可去,汝不肯来,恐旦暮死,而汝抱无涯之戚也。"孰谓少者殁而长者存,强者夭而病者全乎?呜呼!其信然邪?其梦邪?其传之非其真邪?信也,吾兄之盛德,而夭其嗣乎?汝之纯明,而不克蒙其泽乎?少者强者而夭殁,长者衰者而存全乎?未可以为信也。梦也,传之非真也,东野之书,耿兰之报,何为而在吾侧也?呜呼!其信然矣!吾兄之盛德,而夭其嗣矣!汝之纯明宜业其家者,不克蒙其泽矣!所谓天者诚难测,而神者诚难明矣!所谓理者不可推,而寿者不可知矣!虽然,吾自今年来,苍苍者或化而为白矣,动摇者或脱而落矣。毛血日益衰,志气日益微,几何不从汝而死也!死而有知,其几何离?

其无知,悲不几时,而不悲者无穷期矣!汝之子始一岁,吾之子始五岁,少而强者不可保,如此孩提者,又可冀其成立邪?呜呼哀哉!呜呼哀哉!

✽ 《祭十二郎文》

汝去年书云:"比得软脚病,往往而剧。"吾曰:"是疾也,江南之人,常常有之。"未始以为忧也。呜呼!其竟以此而殒其生乎?抑别有疾而至斯乎?汝之书,六月十七日也。东野云:汝殁以六月二日。耿兰之报无月日。盖东野之使者不知问家人以月日,如耿兰之报,不知当言月日。东野与吾书,乃问使者,使者妄称以应之耳。其然乎?其不然乎?

✽ 《祭十二郎文》

今吾使建中祭汝,吊汝之孤与汝之乳母。彼有食可守以待终丧,则待终丧而取以来;如不能守以终丧,则遂取以来。其馀奴婢,并令守汝丧。吾力能改葬,终葬汝于先人之兆,然后惟其所愿。

✽ 《祭十二郎文》

呜呼!汝病吾不知时,汝殁吾不知日。生不能相养以共居,殁不得抚汝以尽哀,敛不凭其棺,窆不临其穴。吾行负神明,而使汝夭。不孝不慈,而不得与汝相养以生,相守以死。一在天之涯,一在地之角,生而影不与吾形相依,死而魂不与吾梦相接,吾实为之,其又何尤!彼苍者天,曷其有极!自今以往,吾其无意于人世矣!当求数顷之田于伊、颖之上,以待馀年。教吾子与汝子,幸其成;长吾女与汝女,待其嫁。如此而已。呜呼!言有穷而情不可终,汝其知也邪?其不知也邪?呜呼哀哉!尚飨。

❋ 《祭十二郎文》

先皇帝时,兵部侍郎李涵如回纥立可敦,诏公兼侍御史,赐紫金鱼袋,为涵判官。回纥之人来曰:"唐之复土疆,取回纥力焉。约我为市,马既入,而归我贿不足,我于使人乎取之。"涵惧不敢对,视公。公与之言曰:"我之复土疆,尔信有力焉。吾非无马。而与尔为市,为赐不既多乎?尔之马岁至,吾数皮而归资。边吏请致诘也,天子念尔有劳,故下诏禁侵犯。诸戎畏我大国之尔与也,莫敢校焉。尔之父子宁而畜马蕃者,非我谁使之?"于是其众皆环公拜,既又相率南面序拜,皆两举手曰:"不敢复有意大国。"自回纥归,拜司勋郎中,未尝言回纥之事。

❋ 《赠太傅董公行状》

始公为华州,亦有惠爱,人思之。公居处恭,无妾媵,不饮酒,不诣笑,好恶无所偏,与人交,泊如也。未尝言兵,有问者,曰:"吾志于教化。"享年七十六。阶累升为金紫光禄大夫,勋累升为上柱国,爵累升为陇西郡开国公。娶南阳张氏夫人,后娶京兆韦氏夫人,皆先公终。四子:全道、溪、全素、澥。全道、全素皆上所赐名。全道为秘书省著作郎,溪为秘书省秘书郎,全素为大理评事,澥为太常寺太祝,皆善士,有学行。

谨具历官行事状,伏请牒考功,并牒太常,议所谥,牒史馆,请垂编录。谨状。

✱ 《赠太傅董公行状》